緣起，捲盡東去的大江

草川——著

序

驀然地看一條從銀河系瀉下來的支流，浪花不大，沒有過分輕狂的嘯聲，帶出來的風響是百世柔和的步伐，如此，彷彿像星月之下，纏繞著人心和四季的舞臺，因為，大江東去之時，倘若緣起，上面還拱托著一座赤壁。

有時構思萬里外的驚濤，任浪濺不到的岩石上，一間一盞一窗的蓬草屋內，拉簾推框，哦，捲起的千層雪，竟不在十尺外的岩下，三峽就靜靜地伏臥在左邊，和碎碎的漁燈共夢一枕，帶著煙火的兵渡，終宵不斷，居然也聽不到馬嘶人呼，再後億萬個無常不斷的反覆四季，背手沉思的四五更天，相信亦復如是。

我想像中只擁一個小喬就夠了，有一個擅於讀詞的東坡先生就夠了，我們不飲汾酒大麯，舉杯時茶，邀飲一眾罵天的豪傑，站在不停撕碎春秋歷史的雲端。

目錄

雨下促膝閑亭

飲馬遍邀諸城

忘川撫掌同敘

彈冠彈指引磬

靈修豈是煙鎖

雨下促膝閑亭

緣起，捲盡東去的大江

就說我們的體內，都放滿了很多條像迴廊一樣的銀河系，接起來，是一道沒有盡頭的長街了，店舖小屋，淺紅色的窗框垂簾，櫥櫃和節日裏的裙裾輕紗，牆壁上爬著墨綠皮膚的壁虎蜥蜴，沒有煙火闌珊的閣樓，還冷落地擺放著早年在圖書館不還的歷史書呢，記得愁懷閑寂時，偶掀幾頁的日子，彷彿都在黑洞深深邃邃的漩渦，恐怕是幾百世之前呼嘯而來的瑣事了。

也許滿飲一杯紅酒的黃昏，彷彿在星塵上空，營造一道赭色的瀑布，醉了就不會惆悵於記憶裏再尋找年輕時，是否真正一同戀愛的小喬，我們胸臆裏，永遠隱藏著累世不會老去的嬋娟，這個嬋娟也沒有初嫁過，記否那年攀摘垂楊纍果，笑睡仲夏淺淺長灘，足跡泥痕深如滄海，真的，我們都有不逝，不被歲月煙霞雀影可以掩蔽，如此不需要迴首，只欠指彈一秒，那人卻在仲夏秋楓，隆冬雪印的地方，就這樣凝眸看你。

我們的體內也有星辰嗎？妄想牽牛的郎君，在心臟的左邊，巧笑的織女在右邊，中間是澎湃的血管，是不止不盡也不靜的長江，不垢不淨，不增不減，永不斷裂的長橋在心臟的平面，細撥江水竟如纏手的薄霧，不見水窮處，這就是另一條不在江南，但在鳥說蟲吟處的長江。

君住長江頭，妾巧住長江尾，但願每天初更都是渡橋的深夜。

一定不止一道銀河系，我想，每次輪迴回來之後，便會有一捲一捲像菲林那樣，放進了音樂匣的銀河系，摺入了我們這一生的深沉記憶，睡時渺渺，甦醒時，不必要母親的叮嚀，和老師的提點，更不需要五月的龍舟鼓醒，九月的提燈夕照，也許一丁點嗚咽的北風，便覺得歷劫的星河，在我們的體內流轉。

當冬天突然離開的日子

這個漫長的假期，是去數面頰和額頭上，一堆堆太陽斑點的好日子，傳說是亞波羅每個夏天，特別是像煙火燃燒得最像聖誕的上午，這就駕著戰車出去，沿著七色的彩虹邊緣，看見明朗的面孔，就給他一面如星的禮物，這樣的容貌，即使在黃昏的廚煙過後，即使城市的所有人家的晚餐時間已經流逝，這樣的容貌，仍然像燦爛的天蠍座，懸掛在從銀河系，垂下來的楊柳枝椏上面，一個個溫馨的問號，一直到微雨撲面也不願撐遮的秋天。

竟然已經有四個月這樣繁囂的假期了，很多電影般的拷貝，逐漸放在書架，小說和歷史之間。

於是跟著海豹突擊隊去搜索賓拉登，我是最蹩腳的斥候兵，在偌大的巴基斯坦，嘈吵而複雜的母語，破爛佈景板的市場中心，我也是不會說中東語言的記者，看著沒有劇本的故事，看著直昇機上士兵，稍後是一個悲劇嗎？機關槍聲多像十三歲時候的新年爆竹，每一次新年，都希望人間多福多壽。

有一晚和德州的騎兵去捕捉邦妮和克拉克，她們是最好看的夥伴，在貧窮的歲月中，去搶劫最值得鼓掌的銀行，駕駛著如此笨拙的轎車，戴著邊緣上可以擺放著兩隻咖啡杯的毡帽，當她們帶著滿身的鄉愁回到故鄉的時候，有一連串感動的片段，當她們在早上的時刻，帶著滿身的傷痕夭折，也有一連串傷心的畫面，如果我仍然是編劇，根本沒有這樣的結局。

有次我的銀行好朋友問我：你借了我們的錢，最想做甚麼？

我說：羅賓漢呀，回來搶你們銀行的錢。

這是不該在初夏的假期，五月是不需要有煙花，已經很寬容可愛的歲月。

惆悵舊歡如夢

所謂舊歡，不一定是指大小狐狸的浪漫片段，你老兄曾經喜歡過的事和際遇，以前覺得討厭的老師和同學，幾十年後忽然覺得可愛，心如詩畫，記憶裏所有的面貌，走過的長街，打羣架，走學偷雞去看早場的影院，網球場和對手的短裙，和泳池的起跳臺，池邊暢談的十八歲，都是舊歡。

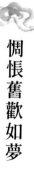

唐老三有個弟子窺基先生，綽號三車大師，一車書，一車狐狸，一車酒肉，是大哥我的知己好友，但我是三機，三隻七四七，比他更為殊勝，又不必剃光了頭，又有了我家娘子跳跳虎和女兒乖鼠護法，阿彌陀佛，而且我的書中甚麼類型都有，花花公子、閣樓、四仔光碟，贏他九條彌敦道啦，但都不是大哥我的舊歡。

幾十年來都喜歡運動，泳池和網球場，是兩個交織的塵世間大網，無分季節，穿梭在個人際遇的經緯，沒有負面的心思鬥爭，勝敗分明，絕不拖泥帶水，不似文化江湖，他媽的，學院派看不起寨主派，浪客詩人又看不起由少到老，附在長春藤的四眼蟈蟈，扮憂鬱的作家永遠是一羣軟殼蟲，所以本人從來不去甚麼文化重整自閹大會，正統道學萬歲派對，論五律七絕與搞基之同樂日，之類，肉麻到痺。

我從不相信有暮年這回事，我喜歡沒有躲藏在時鐘之內的時間，那是一條染滿顏色光彩的直線，儘管無常無斷，而不是的的，答答的聲響，閑時節，把昔日的事物和輪廓，串起來曬到黃昏，朦朧中又見平靜的泳池和網球場。

根本就沒有明天。

觀海能解千愁嗎？

幾個星期日，海水在我的腳下，假期也和一連串燦爛地爆開的煙花在我們的腳下，中灣和南灣，都有深層次的記憶，有時想起村上春樹的小說，卡夫卡的海邊，叨天之幸，七十年代，我也有連續如他的小說內容的際遇，由夏天跨越到明年的初秋。

我一家人都很喜歡海灘，女兒乖鼠比我更愛海，也許她是多生以前，曾經移根於阿特蘭提斯的人魚，也未可定。

她告訴我上次就有一條小海豚，伴著她由淺水灣游向深水灣，我說：妳真幸運，海豚是海中誕生的嬰兒。

淺水灣有一衍雅逸瀟灑的感覺，九十年代，大哥我在澳洲，黃金海岸，那裏的長灘都不如這裏，稍後在希臘，清晰如透明禮物紙的海邊，岸上燈盞如靜止後的小型瀑布，彷彿由海底晃晃而上，但不是東方味道的闌珊，回首不回首，都沒有驀然和尋覓的感覺，那不是我想像中，在黃昏的樹蔭，掛一張吊床，躺到中宵，再在沙灘上冥想兩個更次的海灘。

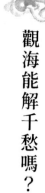

我想像中的海灘，是一個偌大的寧靜海，沉默而只有浪聲潑石的聲音，不是禪也不是蟬叫，早些年有部電影，裏面的海灘就是我喜歡那種，茱迪．科士打的contact，她在另一個星球，和久違了的父親見面，但令我感動的是那個海灘，連詩也不能夠形容的感受，靜得這樣神祕和夢幻，是集中所有歲月去交換一小時也無憾的境界。

是不是深夜在海灘都無所謂，透明見底的海底是很可愛的，也許可以看到，和女兒一起遨游的海豚呢，這值得我們在臨終之前，起一個大願，願來生即使更愁來愁去，請給我們一點代價，在夏秋的假日，擁有多些海灘的回憶。

那些年有個溫馨回憶

六、七十年代的香港，中國學生週報，是頂尖文化水準的非一般學生刊物，在九龍窩打老道，和北角麗池附近，有個偌大的地方，可以讓讀者作者上去談談天，聽聽文化講座，也打打乒乓球，那時我也常常在裏面打打橋牌，第一個橋牌老師就是在裏面碰上的！

一直有個小小的夢想，設想一個雅緻的場所，來往無非懂飲懂食的朋友，吹水吹牛，談天八卦，論貓談狐，亦無不可，喝一流的咖啡或茶，包括普洱、鐵觀音、大紅袍，外加一流的甜品餅食，自己朋友的廚藝，再加上一流的紅酒，蓋天下之樂無過於此！

此時此刻，似乎有多少可以變成事實的可能，朋友有啦，又是女兒聯羣的花鼠俱樂部，又是娘子黨組成的老虎軍，只欠一隊斯文風雅的狼羣。

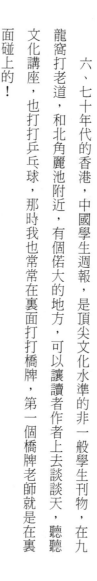

廚藝有啦，老虎隊個個識飲識煮，很快就是米芝蓮級數。

好咖啡和靚中國茶，去年識了個茶商朋友，無茶不有，現在我一家都是喝他特別出血減價的靚茶！

甜品餅食，有啦，娘子跳跳虎的好朋友兼網友，現在也成了我的好朋友，我叫她做甜筒師父，做的芝士餅是呱呱叫，其他的，一定是五星水準！

還欠甚麼？我相信凡事是因緣際會，上天必有安排，讓我瞓他媽的幾個月再說！

星期日，我和沙灘一起蹲坐

今日去踼了一條像鋪滿了沙粒的長街，踼踼躂躂，我是很喜歡睡覺和閱讀漫畫的孩子，胸臆和心臟旁邊，放滿了不斷地過時的玩具，早些年有釘的跑鞋，穿在我的腳上，和風，和雨霧競賽，這是晴朗的日子，這是熱鬧到像一百個市集在看臺的日子。

突然會記起電影裏的阿甘，懂得在子彈和哭泣中的國家競跑，真是迷人的歲月，很羨慕像他一直握在手裏的戀愛了，無災無難，傷心的時刻並沒有在他的恩念生長。

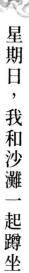

但似乎沒有看過他在長長的沙灘跑過，所以他一定不會知道冰凍的海水，是四月最不可口的薄荷茶了，我低頭，剛看到零亂而多難的春天，在腳面惆悵而緩慢地流逝，今天是星期日，所有早晨的彌撒，有些是淒苦的聚會。

妳知道海灘下面，真的躺著一條，也許沒有碎石或柏油做成的長街嗎？街的兩邊有曾經堆滿雜貨和食物的商店，我只要停下來，不必等到風靜潮退，自然也嗅到咖啡和茶的香氣，鍍金的英國茶杯，是我最喜歡的款式，在淺水灣對上，以前酒店外面的露臺長廊，我們不是還有那些年月的記憶嗎？一定是九月或十月，我也肯定是在仲夏的初秋。

浮臺真是海上的蟲洞，彷彿每次由第一個游向另一個，很容易遇到掠身而過的黑洞，一隻一隻不斷載人，或把所有浮在海面的事物撈起的方舟，每次碰面，我總是告訴划著方舟的擺渡人，我隨身的物件很簡單，一個小小的組合，我的過去和餘生，沒有太多像現在看見的浮臺，這根本是一盤盤空盪盪的季節，悲歡和傷逝的節日，是一枝燃燒得很短，僅僅只有一個更次的片段，而且沒有浪人喜歡的故事。

在浮臺下面看到寄居蟹，它在蹲坐還是佇立都不重要了，願它不會像這個城市，我的朋友和家人這樣多愁，憔悴也不會降在它的身上，雖然不在千濤之下，無所謂自知的冷暖，初夏不該是一個懸掛在時鐘上面的影子吧，願今年的仲夏和深秋，仍然是可以穿越蟲洞的季節。

秋深湖更深

似乎心緒胸臆，又回復到秋天的湖面那狀態，蓋那年的相學老師說過，人的一生，不是命轉人生，是運轉人生，好命不如好運，好運來時，如何作出選擇，這就是你的修行功夫。

老師也說：中年後的情緒心態，可以像秋天的湖面，不寒不熱，沒有像裙隨風起的船浪，靜坐聆聽掠過的十月，手不揚扇，彈水如霧，這就是最好的閑時節，長期保持，可藏十世記憶。

所以大哥我常常要說：多謝老師。

因為我藏得箱箱記憶，前世今生，數劫前的繁星面貌，自是故人影像。

開箱一件件閑時看得最多，還是泳池串連的山山水水，那些年的夏天，總跟著契爺通山跑，記得淺水灣的別墅，南灣和中灣的獨立屋，裏面的泳池，是陽光如鏡，但永遠曬不到池邊，黃昏後的小女孩，上水後換了一身長裙跑回室內，是我箱子內的閃閃白石。

有年是一個小小的低潮時期，操水的泳池深藏在地層深處，一個好友教練拖著他的漂亮女兒走過池邊，幾十年後再值緣起，每次看見她，都可以牽出忘年的故人，沒有低徊感嘆，有情世間，本就朝夕超越。

有羣小馬騮，是大哥我今生一個奇點，一個蟲洞，往來不同年代，是另一種的猩空革命，若真有菲林式的記載，可看見女兒乖鼠和大哥我怎樣由水簾洞披水出來，悵望河川別國多年，又重回洞內，猩猴如昔，彼年的瞳孔依舊葱葱。

應該謝謝歲月，歲月仍然饒人。

活在當下

曼谷有帶給我甚麼嗎？

有的，少許的惆悵，像一早的晨露，稍稍擦過潔白的衣領，就乾了，連淺淺的濕印都沒有，也許經常都是如此。

每次和惟一的朋友敘面，都笑著說，你頸項和身邊的花串花環真多，幾時邀飲一杯中國茶吧，你我都是不缺鄉愁，又沒有鄉愁的過客，閑時節，當你厭倦沒有情色的日子，在香火裏找尋不到梵音的季節，且來東方一隅找我吧，我家備有幾樽紅酒，奉客，知道你早巳免卻人間煙火，那讀幾頁好書讓你聆聽吧，村上的海邊的卡夫卡如何？大江東去是我喜歡的詞呢，小喬是誰？也許是大家曾經深愛過的嬋娟！

都幾百年過去了，那麼多楓葉和雛菊齊散齊聚的秋天，你還懷念雪國嗎？冰封的街道，算是一條白色的銀河系了，童年有在河邊蹲坐垂釣的日子嗎，一起手就把擱淺的星座，一串串拉出來！

兩三日後也不必相送了，你我故舊，一彈指之後，轉眼是重來的下午，每次住在你的左右，記得嗎，彷彿彼此一笑，就是響徹塵世的風鈴。

現在是風霜不敢前來的五月，下月當然再來看你，向你合什。

早晨，曼谷！

一衍長街兜不轉

寫過一個幻海故事，說一位仁兄窮到極點，偶然有奇士送給他一個錶，但是要還，他到了最幸福的時候，只需擲錶在地，自然等於人生終點，死而無憾。

這位仁兄從此轉運，名利尊貴，妻財子祿，但他永遠渴望更幸福的終極站，等到媽媽聲的奇士，要押他上地獄列車，在車上，看見以往的酒肉朋友，奇情古怪的歡樂往事，突然如夢之初醒，把錶擲他媽的稀巴爛，這輛地獄號列車，從此也到不了總站，因為他終於知道，人生最值得欣賞的，不是收穫，而是過程。

有甚麼人生旅程，可以寓任何事物於一場場悲歡交織，恩怨情仇，分場俐落，面具互換的遊戲，戲劇永不如人生奇幻，所以大哥我早就不看甚麼劇集，沒有這種層次的編劇，十世也寫不出來。

二十年偷日運金，大刀駿馬的歲月，在北京一窺社會主義下的政治商場，仗著暫駐的背後官威王侯，可以和想像的高人排排坐，咬碗長春麵，灌湯小籠包，大年初一，和國務院一等大員，羣官伴從，去吃毛主席家鄉的湖南菜，如今在夢中想想，也會笑出聲。

大哥我決不是儒雅之士，名勝古蹟，曾經風雲捲世的城樓故地，對不起，與我無緣，六扇門的頭頭問我：要不要用直昇機送你去長城旁邊？再找頂乾隆皇帝坐過的八人大轎抬上去巡巡。

不說假話，如果我要寫風月文章，甚麼金銀瓶梅，豬肉豬骨蒲團，火水臭和尚，不過是一堆黃色爛書而已。

終歸在北京，捕快護衛之下，看了兩次故宮，一次雍和宮，這位四貝勒，刻薄冷血的長春居士，我看過他御筆硃砂宮批，簡賅明快，可惜死得早，否則歷史上真的可以肅貪，只有這位雍正大帝。

故宮一批批的紅牆青瓦，有甚麼好看？冷如塵蓋舊冰，悵望一桁愁窗鎖長巷，風釵鳳裙不昔在。

來故宮，其實只看一口井，珍妃井。

文人時代看小說，慈禧這個老妖怪避八國聯軍，出走時把珍妃姐姐塞了入井，大哥我怒從肺起，登時把雲石飯枱一掌打碎。

故宮內的珍妃井，井口最多可以把小強放下去，我正在奇怪，旁邊的捕快哥哥說：這個不是原來的井，要看改日帶你去。

我問：為甚麼這樣古怪？一口井搬來搬去？

捕快靜靜雞在我耳邊說：有鬼。

渭城故事不沾塵

早些年有個善心好施的大戶人家，某日早晨，有個落難中年人上門求乞，但很奇怪，這位仁兄並非乞飯乞錢，而是乞一壺子熱水，易事啦，更出奇的是，乞熱水的亞哥，從腰袋拿出個舊茶壺，把熱水倒在裏面，登時茶香撲鼻兼撲面，滿室濃郁，卻驚動了男主人，這位大爺也是自少便喜歡喝茶的風雅人仕，出得大廳，請這位怪客分享一杯熱茶，一飲之下，乖乖不得了，蓋自從三歲時開始，從未喝過如此順喉芳香，點滴扣心頭的好茶，一問究竟，才知道來自這個殘舊的茶壺，而且歷代由同一個茶壺沏茶，冲茶，已經有百年以上的時日，到了如今，不必落茶葉已經可以冲出一壺靚茶，大爺問他可否割愛，願以萬金求售，但答案是，走開啦大哥，本人祖上同樣是大戶人家，因為飲茶才落泊如此！

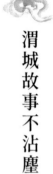

結果是兩人結成朋友，每日早晨，茶癡到此開餐食飯，用這個怪茶壺冲茶分享！

不管煮茶也好，煮酒煮食也好，真是一個境界，能夠和朋友分享，不涉及任何利益，閑時節，說說無傷大雅，中小道的街邊新聞，政治廢話，男人狗賊的賞狐心得，偷食祕笈，治虎手段，或者如何渡橋詐死，逃出虎口！

總之意興濃到出煙，甜過芝麻糊之時，拊掌大笑之際，不管是一杯好茶，一杯好酒，一碟好菜，人人會說是活在當下，其實需有個如此意境之時，才真的算：活在當下！

大陸今時今日的文化

早晨瀟灑得很，在別人的作品跳來跳去，但始終跳不出烏雲淡雨，風如灰髮，彷彿永遠愁鎖千山的叢林，沒有陽光和思想活躍，四季豈可一直如此？

女兒乖鼠早年渡假，先去東歐城市，後往荷蘭，她說是兩個不同的畫廊，前者灰暗，像偌大的古堡，長年活在殭屍伯爵黯然的燭光下，百姓亦如是，只有一張張忙於生活，缺乏生命的臉孔。

後者截然不同，分別是一個太陽下，兩類迎接活力的心境。

藝術是張力，境界加層次，如擊劍也像修行，握得太緊，律己太嚴，終於弦斷若線，運動者操得太盡，他媽的，同樣沒有空間，活在沒有想像，馳放的國度，根本沒有可能有莎士比亞和白朗寧夫人，不要說卡謬和波特萊爾啦，甚至連魯迅和巴金，蹤有餘生餘力，也無法在含淚下創作。

有時很難詮釋甚麼是張力，甚麼是思想上的活力，早些年和娘子跳跳虎去過峇里，同樣和泰國的島嶼，長灘和傾城的細沙貝殼，卻是兩種落日黃昏，一種淡淡灰愁，遠處枉有廢墟殘景，但感覺意興頗闌珊，再不需要驀然回首了。

一種是市集陽光皆可親可愛，攜手走遍海灘，一揮手就可召來雲浪往返的候鳥，不必擔心縱放繫念時被束縛，有情塵世，本來就應該有一個，心可憧憬萬里，變幻如雲的空間。

爵士是有腳的踢躂舞

我們這一代uncle輩的黃昏浪人，當然還記得：安地．威廉斯（Andy Williams），他是那年代天王中的天王，他唱的〈愛情故事〉其實比電影更動人，可別忘了他另一首歌〈Dear Heart〉，很輕柔的圓舞曲，你聽著的時候自然會聯想：應有一杯醇酒，應有一個美麗而跟你心靈相通的小狐狸，和你默默地起舞。

蔡先生提過尊尼，馬蒂斯的〈莫名的微笑〉，更觸動黃昏浪人的心靈啦，恨不得找個忘年的小小狐轟轟烈烈再戀愛一次，雖死又如何。更不要忘記有一首曲〈Last Waltz〉，又是一首令你久久不能成眠的經典，此外還有白潘的〈Love letter in the sand〉。

當年四大之一的英貓奇里夫．李察，早年經常在每年的溫布頓網球賽中，遇到天雨暫停的時候就和觀眾及球手一齊起哄，此君雖然基基地，但無損俊男浪漫歌手的形像，在他所有動聽的情歌中，都是十分正面的。

有幾首舊歌非但經典，而且是歌手考試的樣板，記得以前在凱悅酒店的地窖吧，頂樓的極星，每次去的時候總是送一杯酒附帶點唱這些所謂考試歌聽聽他們唱得如何，像〈我的心留在三藩市吧〉、〈時光傷逝〉、〈微笑〉、〈我願你可以去愛〉，稍後，這幾個歌手都變成了我的朋友，相交雖淺，但都是浪漫回憶中的好友。

很多朋友喜歡法蘭仙納杜拉唱的〈我的心留在三藩市吧〉，但我認為另一個歌手東尼．賓納，唱得比法蘭更有韻味。另外〈我願你可以去愛〉太多太多歌手唱過了，我寧願各位徘徊於黃昏或仍在陽光燦爛之中的朋友，不妨聆聽日本爵士女歌手小野麗莎的演繹，唱得好極了。

知幻即離，離幻即覺

各位妹妹及兄弟，早前有兩部電影，大哥我推薦過給喜歡太空和物理世界的朋友：超時空接觸，和星際啟示錄。

有兩個場面很少人不感動，一個是女主角在織女星的虛擬世界，遇見她深愛的去世已久的父親。另一場面是男主角逃過黑洞回來，根據相對論的法則，他已經一百二十歲，依然面貌年輕，回到基地探訪他瀕危老去的女兒。

在現實凡塵，如幻如實，各位深愛的事物和歲月記憶，他媽的，莫非如是？真正根器具足的朋友，不一定是修行人，早早就知道，夏天的植物不會捱過秋季之後，轟烈的愛情，等於滿面皺紋拖著兩個小孫時的風中散髮，葬花情懷還給曹雪芹老哥算了，賈寶玉不外是一條鼻涕蟲而已。

罵過幾個拚命工作打好份工，閑時節把家庭和親情忘得一乾二淨的朋友，他媽的，這是家奴心態，你老哥盡責就是，任何老闆都是忘情大臭蛋，在銅臭醬缸中浸得已經有資格應徵第一流的喪屍演員，稍稍化裝就算了。

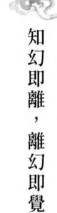

兩年前探訪一位商場大老闆朋友，幾十年馳騁，搶灘屠城，積金盈丈，此刻躺在一丈左右的病床上捱命，拒絕電療化療，專心等死，身邊無人，只有枕頭兩個，之前有妻有兒，今日懶理，原因是親情太刻薄，最親的人也不屑回來分他的億萬家產！大哥我輕飄飄地對他說了一句話，也不怕他早年是散打冠軍，現在已然是蛋散中的蛋散，我說：兄弟，你是求仁得仁。

此之所以大哥幾十年做買賣，成敗得失等閑事，他媽的，銀行佬也好，市長省長大集團寨主也好，要開會嗎，好，等老子打網球回來再說，簽約嗎？請乖乖地過來遷就大哥我，不要阻住我一家假期的吹水時間，太寸而做不成生意嗎？更無所謂，家中有好書幾櫃，有天上的米芝蓮廚娘煮飯供養，錢財花清了怎辦？放心，還有隻很有人味的乖鼠女兒在身邊，大不了申請領綜援，天下事，自有蠢官在！

門前長街，門後遠海近山，胸臆無數燦爛星輝，離幻即覺，好過在奇情的塵世間討生活多多了。

惆悵舊歡，如雨不如夢

有一次曼谷的雨天，泰國只有永遠的暖雨，在記憶中失落了的香港秋天，彷彿在這裏才可以找得到，不必眾裏千尋了，就在此處吧，坐在十六樓臨河的窗邊，看著湄公河像一衍一衍連接的泳池，五十年前的零星歲月，每滴小雨都像摺疊在霧水黃昏的片段，踢腳彈水，猶如浪漫圓舞，那時年紀小，是可以把泳池和好朋友的笑聲收入懷中的四季。

有一部電影說中年男子重回夏天的城市，重拾回家的路，穿越一個又一個的泳池，最後踏入鋪滿殘枝葉浮，池邊的網球場也已灰舊褪色，每一次在泳池游弋，總有些無法清洗的舊日輪廓伴著他，共夢一枕的瞳孔和溫柔的小手，像無間的青葱歲月，那些日子，那些輕鬆浪漫的爵士，帶著一半一半的惆悵嗎？沒有，我的泳池歲月比他燦爛多了，小朋友仍然鮮明如昔，娘子跳跳虎問我，那個清秀高䠷，和她同一個英文名字的女孩長大了嗎？

那些年的暑期像極了無色的鐘擺，由淺水灣跳入南灣，而維多利亞，而北角麗池，水面是一匹匹收藏的絲綢，可以在上面營造短短的波紋，仍有在胸臆未完全散盡的漩渦嗎？有的，譬如是剛好落入張開的小說那一片的楓葉，也許是佛經，隨緣是最可口的紅酒，半杯足醉一個有雪也有星河的冬天。

當記憶仍和春天的滾雷走過，在記憶深邃躺著的故事竟未甦醒，請繼續童話而且活潑吧，大家依然在沒有去如逝水的年代，多福多壽。

這樣的瞳孔

白色的小屋就駐在瞳孔，明明屋外有花有樹，明明有一系列顏色如浮動著的彩虹，但彷彿都隔了一層山，山都是奧林匹克的諸神用扣針聯在一起的，我的希臘夥伴如是說，陽光也是亞波羅馬車上的燈光，夏天，小屋彷如秋夢。

腳下是愛琴海，一涉水就看見自己的腳指，踐踏著模仿游魚的砂石，那樣瘦弱輕塵般的小手，我把手掌放下去，手掌就是一隻沒有吸盤的海星，手掌就是一幅長街外展的城市，手掌就是一個孤單的銀河系，皮膚下顯現的血管是可以通過蟲洞的列車，也許終站就可以找到從特洛城遁走的海倫，至於木馬，早被我燒得乾乾淨淨啦，我不是希臘人，但我比他們更熟悉諸神，一打開日記，就記得和他們尋找金羊毛的旅程，他們根本沒有黃昏，華格納不過是一個對繆斯追求不遂的音樂家。

有一年在杭州，風花霧雨，片片小雪落在髮上就變成微有淚味的流川，那時近看著斷橋，若我是許仙，傘在手上，緣就在腳下，若不是那場冬天的驟雨，若不打開手上的傘。

雷峯像一個竚立在林間的車站，好像在說：去聆聽潮聲吧，去試試一把弓一枝箭，就阻止千萬年來去無踪的潮響，那真的像一羣母親對浪遊的兒子，擴大了千倍的叮嚀。

其實靈隱寺只是活在我的書櫃，雖然沒有甚麼飛去飛來的山峯，所以杭州這個寺，只是一個被遺忘的寺，除了擱淺了千年的榕樹，早就沒有唸經和諸佛的細語了。因為裏面的菩薩和羅漢，是我閑時節，擠滿房間的訪客，我們談四五千年的春秋，如何在杏花滿窗的江南大道馳騁，教塞外塞內的漢人坐禪，我們撫掌，用帶來的銀河系抹汗，突然想起有些可能還留在杭州的老師。

所以我來了，帶了一些用糖果造成的唸珠，送上祝福，願他們在重疊的有情世間皆能無憾，處處庭園皆是苦，樂在斜月百載枕心頭，菩提不過是經典中的舊事，證了菩提又如何？可以千秋萬代攬著黃河嗎？

這一年我在香港，睡覺時就看見樹在窗下身下，無處不是星辰閃爍，OK，我仍在人間。

衣重偏未涼

我說過，臺灣是外婆的家，而我真是婆婆伺大的，睡在搖籃時，抬眼就看見她面上的皺紋，然後是窗框和一桁垂簾，我在臺灣沒有長得成熟不成熟的夢，因為和香港很近，航班於我是搖擺不定的大船，大半個時辰，搖搖搖，搖到外婆橋就到了，橋就是家。

有個小妹妹問我，在香港，你家可以養牛牛嗎？我答：可以呀，不過要和牛牛在一起竚著睡覺，聆聽牠的呼吸，甚至牠的血管流動的聲音，而且和牠共用一個洗手間。

我家真的有一頭養了幾十年的小乖鼠女兒，而且習慣和我一起游泳，一起吃一頭老虎造出來的好菜，我們也從來不覺得沉默是金，沉默只是一根鎖匙，門打開，酒氣笑聲如夏之常駐，大哥我的牧場雖少，但走來走去的花鼠斑馬和蜻蜓都多，真的，並不騙人。

喜歡和臺灣朋友相處，是不覺得像香港人把沐浴液加進紙幣和銅臭，空間也不是一丁點的瞭望塔，四季如一隊遠足的蟻隻，沒有過重的背囊，雲霧兩分明。

閑時節，坐在玲瓏茶香玲瓏舍，一口茶就是一個濃縮的海灘，淺水的地方，永遠放著想划的獨木舟，住在臺灣，就有這樣的想像。

我們去老爹舊友的故院吃飯，記得有年有次問過老爹，為甚麼不早早過來臺灣的原因，他總是說：年紀小的人哪裏會懂。

後來當然就懂了，槍是槍，舌頭就是舌頭，眼淚和尋常百姓，政治和翻來覆去的手段是分不開的。

看著一身軍服的將軍，老爹昔日一定也有過橫戈躍馬的日子吧，早忘記千里外的迫擊炮和坦克的聲音了。

香港今夕何夕，仍是更鼓不明，今日宮人前朝事，依舊攬著謎團和假面。

又見曼谷

每次在這裏耽上幾天，便總想著帶些甚麼記憶回去，曼谷不像香港，後者嘈吵而匆匆，是一縷縷急於升上雲端的生活節拍，我們的腳，是踏在鋼琴上的，一慢下來，就難成音調，是一首陸戰隊那類的進行曲。

也不像臺灣，那裏的人羣彷彿不急不緩地，走進水窮處，聆聽瀑布和淺灘流川的聲音，然後就沉默地回家，不是黯然和惆悵的那種，是略帶一些境界的那種，記得有個大陸來的朋友問過我：大家都是說普通話，他們跟我們有甚麼不同，我答：當然不同，他們知道甚麼是愁在懷中的味道，你們根本不懂！

二、三十年，境過心清，很多時回來曼谷，頗奇怪的是緣常會驟然相遇，在想不到的場合，在高鐵或夜間市集，十幾年前相好過的女孩迎頭凝視，以往的聚首時光，真像呼嘯而來的過山車，又呼嘯而去！

也沒有甚麼情緒語言可說，謹祝她日後歲月，多悅少愁，多福多壽！

記得那年的長街

總記得長街轉角，又一條短短的灣角位，一個笑容很燦爛的妹妹和我們去吃麵，三角形的魚片頭，爽脆的魚皮，那碗落了很多辣椒油的麵湯，在夏天的十月，額頭的汗，彷彿仍然帶著那年時踢足球的記憶，一丁點一丁點地滴在麵條上，我的吃法是舒服的，所以她總笑我吃得像個孩子，一個走進了暮年的孩子，夭折的日子還會遠嗎？

長街的另一個方向，近處就有個甜甜的片段，五年前初熱的下午，那碗季節舖滿涼粉的甜品，季節是芒果，季節是一片片杏黃的香蕉，季節是酸澀的橙，涼粉是一粒粒切碎的柏油路，淡淡的奶是仍有餘香的秋天，我常常想，若有胸臆盈尺的空間，也值得帶一盒回去，伴我讀書冥想，隨手摘一些碎雲殘雨，這是我的晚餐。

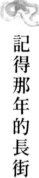

輕鐵站的對面，一間吃蛇羹的店子，一個高䠷的女孩，雀斑在她的面頰嘴角，十八歲是青葱和楓葉交織的年年月月，每次都想賦予我寫過的小說浪漫的情節，願這個女孩永遠不老，這個城之一隅也不漸老，長期有我喜歡的秋深。

黃昏後就猶似東京一角的小區，每次來這裏徘徊，聽著輕鐵的叮叮，看著每個上落的過客，應邀家人的繫念歸去，當然沒有鄉愁，香港是養不起鄉愁的地方。

我的胸臆有一頁頁跳躍如袋鼠的記憶，這是仍有阡陌的錦上路，這是買蛇羹的街中心，這是排滿懷舊點心的茶樓，我永遠喜歡沾滿黃芥末的蝦餃，像一口吞下剛在銀河系的蠍子。

這是元朗。

夢迴時，淺叩窗框

我總是習慣在晚上十時多入睡，十二時卅分醒來，我體內的記憶彷彿又甦醒了，一頁一頁掀過，在重複昨天的邂逅和擬人的面容嗎？前兩日的黑貓已經不適宜在酒樓前面走過了，他的腳和我一樣早就不喜歡走向教堂的路，雖然總記得和一個女孩，在綠色的窗外，看第一塊十月的落葉飄過，總記得有一頭黑色瞳孔的貓，在神父的腳下走過，是哪一年的秋天呢？

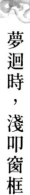

我體內的記憶又在甦醒嗎？不是的，只等於一個倦於坐在後園的底片，突然記得應該是這樣橫放著的，應該有一架很出色的鞦韆，盪空就可以看見，前面白色的鐵椅，已經陷在沒有夏天的小草上，有一個長長的假期了，我總記得我的泰國僕人唱泰曲的樣子，都遠了，多像一頁浸得發黑的報紙，也許多讀一句，便可以和其他人的訃文一起下葬。

也許重溫一百次經文便會深沉地，在忘川下面入睡了，是真的有一條只要飲一瓢水就忘記以前億萬世的河流嗎？不會的，我連孟婆的茶水都不會討取，我對她說，把剛逝的亡人記憶盜走，真是一種罪過，把人的浪漫用一小杯龍井就拐走，更是無以救贖的罪過。

我總是這時候醒來，我喜歡的人都應該入睡了，也許稍後可以一起擁抱著無數夏天的太陽，一起放著海報上的風箏，一起坐在終於斷線的蜈蚣上，航向另一個拜占庭，我常常這樣醒來，又再睡去。

舊日的惆悵，竟遍佈池面

妹妹問：泳池的冰水，六、七度的氣溫，有跳下去嗎？

有呀！幾年的冬天，不論是多寒冷的早上或黃昏，是我的那段運動員練水時光，只要有一個叮噹的時光門，走過去就可以把我從泳池或海水拉起來，而且告訴妳，冬天的海，冬天的泳池，還剩一丁點夏天的味道。

那些年聖誕好玩嗎？

很懷念七十年代派對的歲月，聽聽一束一束的舊歌，喜歡跳舞的朋友都不會忘記彼得高模、鍾妮詹絲、康妮法蘭茜絲，甚至柏得披殊的田納西圓舞曲，一轉身就彷彿是一個浪漫的聖誕，擁所愛的女孩入懷，忘情與幽思，是戀愛也無法包容的感覺。

妹妹問：還懂得跳那些狐步和圓舞嗎？

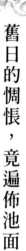

會呀！大哥我還是很好的帶舞者呢，只是不想和今日的大媽大叔共舞一池啦，他們根本沒有跳這類舞步的氣質。

在舊日的西環，有間出名的政府產科醫院，有幾條斜斜的長街，站在盡頭處，稍稍遠望，就可看見三角碼頭外的藍天藍海，黃昏時的霧氣霞彩，也許還有附近尋常百姓人家，廚窗透出來的香味呢。

那日舊曆初一前的年卅，是一隻乖鼠來這個小城討日子的開始。怎樣也無法抹去這幾天的記憶，因為醫院有兩段探病的時間，中午離開，孤獨地逛逛新年店鋪不開，咖啡不賣的斜巷長街，黃昏再回來，如果妳問：為甚麼不回家歇歇再來？

我沒有一個叫家的地方，那幾天的新年，我的家就在這醫院的床上，以及一張小小的搖籃！

街市以外的中環

在中環，斜巷和窄窄的長街，像極仍未發黃的相片，哦，萬宜大厦的二樓，不是有個跳圓舞的餐廳嗎？當然還有個長裙曳地的女孩，有個看霧去的午夜，有個叮叮噹噹的纜車和黃昏，有個在安樂園喝凍咖啡的聖誕，那時節，總喜歡在劉伶吧聽古舊的歌曲，啜飲七層的彩虹，還有通往青年會的既斜且長的小石長巷，每次游泳回來，總覺得在某層舊樓，有個暫停不讀的嬋娟，看我孑然歸去，這種感覺真好。

今年的六月，中環像雨後忽然伸展的畫軸，長街和記憶中的小店依舊，在短短的石級打開一把問天的雨傘，在可以聽聽舊歌的新開咖啡店，飲一杯不糖的英國茶，我喜歡的鍾妮脣絲雖仍然唱著時光不再，但四十年前和今日的影像悠然地出現，無分左右，這種感覺真好！

說起北風

今年的北風，都是有腳的，突然就打歪了你我預備的環節，本來想像暖暖的二、三月，穿一件顏色的風褸，拖著另一邊的右手，小女孩的左手，就出去了，無需有顧慮附身。

明明是節日和濃濃的過年情懷，過年是不浪漫但溫馨，但一場風寒雨漸，就只好反鎖在家裏，和書中的陽光，平靜如秋天湖面的長灘，角落的暖爐一起，應該想像有一個烤火雞的日子嗎？聖誕剛過，新曆年也走得不遠，這是厚凍如冰的二月，這是也許三月仍然如霜的春天，這是無法和夏日對望的北風天，好在不是狄更斯筆下的雙城。

九十年代在雪追火車的場面，真是自己人生的經典，漫天雪國飄花，雪是一瓣瓣菱形的小小楓葉，雪是枯萎後瞬即重生的夏草，那時我在瀋陽，怎樣也想不到有這樣的一段際遇，在風驟雪頻的黑龍江城市度過，雖然喜歡吃北方燙熱的餃子，淺嘗如劍刃的白酒，原來經歷只是一疊撕下來的日曆，落在隆冬未知處。

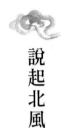

北京的雪是我最喜歡的一種，那時候我活在朝陽區，抱住厚厚的大衣，輕裘短褸就夠了，鄰近是王府井，雪落得淒迷彷彿，其實淒迷是歷史小說帶出來的，冷看長街如窄路，想像這裏有過漫天煙雨籠罩霧霧中的有情，那年是捨不得回家的日子。

此刻我活著的城市寒極不雪，躲藏在暖暖的水中最愜意了，矛盾嗎？不會，人生際遇，法爾如此，交叉的路，雙向重重疊疊的軌跡，你我徘徊在來生後世，不會小作休止，總是如此風霜如是路，即是輪迴。

向小弟說聲珍重

昨天一直很寒冷，圍巾一直在頸上，像一隻因為雪雨而僵硬了一個冬季的蝴蝶！

就這樣去看即將離開凡間的弟弟，他的造型不好，瘦極了的面頰襯著不能在風中再散飄的長髮，瞳孔已反映不到向將來尋覓的影子了，我記憶裏卻有一連串仍未散去的片段，例如他在秋天爬下短短的簷渠下替我撿拾風箏，下面是十二層的馬路，其實他是會跌下去的，但是沒有，那時他十歲，我是十六歲！

他曾經走失了路，那時在澳門，是我去警察局領他回來的，他一面茫然坐在木椅上，不知道家在哪個方向，往後幾十年，也從來沒有找到自己的位置和角色，冷冷的雨就是冷冷的雨，沒有一丁點兒的聯想，戀愛和浪漫，永遠是溪流岸邊的蚱蜢，一跳即逝，那時他六歲。

他捉著我的手，仍然是暖暖的，由出生到現在，彷彿只有這一刻是真正的接觸，他六十五歲！

走出醫院，已經是除夕開飯的時分了，好像聆聽著想像的嗩吶和爆竹聲音，賀歲應是如此的，雖然隆冬仍舊繼續寒冷下去！

願我所有的兄弟妹妹多福多壽，不受人間煙火所煩所苦，靜聽年年更鼓！

撐傘看雨的日子

正在看波比，鍾斯的高爾夫球電影，不瞞各位，以大哥我的德性，是不會喜歡打這種球類的，但看電影是喜歡的，比看脫衣舞之類還吸引些。

矛盾嗎？不是的，人生本就如此，和混淆了的季節差不多。荒唐，胡搞，不知天高地厚，又偏偏讀書進取，這是春天。

狂熱，好奇，執著地去戀愛，酗酒吸菸，學習浪費以為無盡的生命，這是夏天。

自覺憔悴，滄桑，為斯人或自己惆悵，以異乎平凡人的角度看山觀海，喜歡雨季中的氣味一如女友或愛妻的氣味，這是秋天，深秋的感覺加倍。

終於以為步入黃昏，山不迷人，海不親近，昔年的勁和愛戀過的事物，是十二月隆冬時節難遇的雷雨，坐著喝咖啡也不忘罵走過的人，罵糟蹋歲月的自己，罵天，本來偏左的心臟，慢慢比雪後的街道更冰凍，這是冬天。

原本就是尋常百姓的平靜湖面，一層本來如此平靜的玻璃鏡片，閑時節，卻由降落的楓葉拉開的一個個漩渦，頃刻而過。
各位有興趣重新排列自己的四季嗎？

鷹巢夜總會到半島大廳

香港六、七十年代的讀書人，中大學生，那時很流行開派對，相信臺灣的兵哥、學生哥都是一樣，一直到八、九十年代，學業不成，但在社會有成，自然都喜歡上夜總會。

曾經和娘子在上海，站在外灘的橋上，神往過的地方紛至沓來，霞飛路，皇后飯店，租界的餐廳裏，拉小提琴的白俄，細雪漫街下的雨傘，突然想起香港也有外國情懷的地方呀，這就想起：香港希爾頓頂樓的鷹巢，半島酒店的大廳，特別是鷹巢，是香港最頂尖浪漫的夜總會。

但傷心的也是鷹巢，最初的爵士情懷，隔窗就可見對海岸上的星光燦爛，不知哪些是真正的天狼和天蠍，原來人也可以做出沒有框架的銀河系。

在九十年代，鷹巢終於變成了豬巢，失守在大媽和大叔腳下，浪漫和格調，遠如猿人星球的市集，任何舞步都是在農田播種時，順腳插出來的，他媽的，對他們而言，戀愛只是避孕套的圖案。

七、八十年代，外國朋友來港約去半島，黃昏前在大廳茶座，總喜歡角樓樂隊的音樂，時光飛逝，月下的河流不是忘川，煩惱和憂鬱也當然不會是那條橋的名字，主題不是談天的內容和敘舊，不是由一身潔白制服的侍應送上來，銀壺裏的英式下午茶，重心是季節散出來，一層層的外國輕塵。

在香港半島大堂，本來也帶著濃冽的英國風情，下午茶的爵士樂隊，加上咖啡香味，是歐洲藝術以內的風情境界了。

到了九十年代，這就坐滿用臭錢買回來的名牌時裝，高出標準音貝百倍的鄉語，髮上的大草帽和鞋子上的泥巴，相信耶和華和馬克思，甚至列寧先生，也勸我暫時一百年內也不要來半島啦，我寧願去深水埗鴨寮街找間未拆的茶樓，捲起褲管，吸著捲菸的老人家吹水好得多，太多了。

明知不是貴價茶，明知旁邊沒有名牌與套裝，明知只有經年抹不乾的枱面地下，外面的四季逐漸不似舊日好友，曾經喜歡過的地方，都跟隨著山頂纜車，終於躲入燈映最不闌珊的地方。

又是緣起性空

早些年，一個上市公司的好朋友問大哥我：有興趣以買家的身分，去看看一棟在南灣和中灣的獨立屋嗎？幾手屋主的身分很顯赫，前一代姓馮。

於是和娘子跳跳虎經淺水灣，水平如湖面，有閑時節最好的陽光，路上朋友問：你認識業主嗎？

我說：不敢高攀，那年代我不過是條毛毛蟲，他的先輩是兩廣總督，但有緣，我有四、五年的暑假都在裏面的泳池獃過。

到了，稍有拍岸的輕濤，昔年暑假時的染滿黃昏味道的日子，彷彿如滾雷走過，那是六十年代中旬，大哥我可是游泳老師的助手，跟他在淺水灣一衍豪宅內，教十幾隻貴胄小猴子游泳，馮先生的屋子是其中之一，建築是量天而裁，泳池在避曬不避陽光的位置。

遠處是余東璇大宅，泳池有時葉落無端，水面是不自然的顏色，穿得優雅的女人坐在池邊，一羣小猴子在池中，根本不在游泳，是擁抱沒有日暮的午後，大哥我可是有同樣的心境，寫詩參賽的大學生，淺水灣，遠望是暖暖的長灘，真是煙花燦爛的歲月。

八十年代，走入江南煙雨，大半生稀奇古怪的旅途驛站，常常有老師笑坐旁邊的身影，老師姓陳，名震南。

人稱契爺。

他在香港泳界的位置，無人可以替代，他創下的渡海泳記錄，以後恐怕也無人可破，因為是五十年代的天星碼頭，和對岸的距離已經縮短，他的功績，自然很多大哥我的同期泳友更清楚。

老師有位半徒半友的貴客，是城中的超級大亨，每日不泳不歡，年中無休，叨老師的光，大哥我是一條經常護航的小鯨魚，大亨是尊貴的彩虹鱒。

那年時，香港只有兩個公開賽，一個是華人泳聯，另一個是泳總。

老師在某一年安排了一個很經典，但絕少泳手泳友知道的賽事，在維多利亞公園泳池，清場後的時間，特別拉了兩條賽線，五十×三的接力賽，兩隊泳手，大亨和兩位香港頂尖的女泳手，大哥我和新進的泳手，大亨和我最後衝線，觀眾有全泳池的救生員，和幾個也是城中的超級大亨。

老師千叮萬囑，這是一場非輸不可的泳賽政治騷，不能輸得太多，輸一個手掌剛好，果不其然，感謝真神，釋迦老師背後發功，大哥我輸了半隻手臂。

於是皆大歡喜，全場人宵夜慶功，啤酒碗碟可以舖半條電器道，大亨是比花鼠更開心的東道主，大哥我偷走了帳單，一看，港幣一七五六元，在六十年代，是天文數字。

仍然記得元宵節嗎？

吾友狄更斯的《雙城記》，是第一部令大哥我回復人性的小說，雙城也者，是巴黎和倫敦，背景是法國大革命時期，故事內容不必細表，因為感動與否，在五星級酒店內的日本餐廳三千元一位的海膽，品嚐的舌頭和角度都是不同的，對大哥我而言，兩者皆不取，都是攞膽的食物，特別是後者，即是龍王三公主穿了最小布的比堅尼，餵我食一匙那麼多的海膽，他媽的，不食就不食，把所有海中的雌性動物送給我也不食。

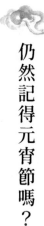

這是最光明的季節，也是最黑暗的季節，這是充滿希望的春天，也是最傷心的冬天……

比喻幾十年的近代真貼切。

彼此有這個緣起，都樂意做個尋常的百姓，閑時節，到外地賞櫻賞楓，歷史上最動人的情節情懷在那裏，我們就在那裏，在杭州的潮尖，或是西湖上的斷橋，一身白裙素貞姐姐還在，等待不會被法海擄走的許仙，雖然天下間的男人大部分都是這類的臭書生。

再遠些，長谷川小牧手之戰，我們也像德川家康靜觀山的另一邊，策手無策的豐臣秀吉，楓葉無風而落，江戶的櫻花期待著明年的春雨，一桁彩簾高高掛，我們也隨著綉有家徽的旗幟和馬隊，一同走入大阪，去食肥美的鰻魚，很奇怪，我不是喜歡吃魚的貓精一族，但烤燒鰻和圓潤的米飯，請再來三碗和多些醃薑片。

再遠些，回到澳洲吧，兩層的小屋有過很悠久看劇集的歲月，屋前是窄窄的長街，盡頭賣漢堡包和炸魚，旁邊是無以名之的樹樹和草草，街口仍有香港式的電車駛過，一直響著叮叮噹噹，有間小而玲瓏的食店，看舖只有一個圓臉短髮的小女孩，想起乖鼠女兒在墨爾本時期就自然記得她，現在這個女孩，應該不是等待初嫁了。

回憶是一碗元宵節湯圓，雖然大哥我不想吃甜品，但娘子跳跳虎端過來說：吃兩粒吧，應應節。

甜甜的薑湯，彷彿下面很多曾經獃過愛過的城市，不會只有雙城。

我的歲月蟲洞——曼谷

這是我和家人耽得最長久的城市，也是和我們的氣場較接近的地方，我常對朋友說，惟有氣場的歸屬感，所以任何人都找到廝守的事物，人或地，走錯了又如何？走錯而又不自知又如何？

相學老師說是每個人總會有的：倉墓運。耽在裏面的人，迷迷茫茫，隨波逐流，不知心身之所苦所悲。

有些人倉墓運很短，或者斷斷續續，像潮水高低，有些朋友，包括我的一兩個家人，大半生都在走這種運，幾十年好比住在倉墓裏面，而且恐怕到死也走不出去，很可怕，是業力還是宿命？也難說得清清楚楚。

曼谷是最多港人視之為自己花園的地方，飲食和行街，你不必修佛拜佛，也很易感受祥和的氣氛。

總覺得香港的氣場早幾年已經變了。地和人也是一樣有倉墓運，五、六年前看見和遇到的人面，我說是一片灰白，這和氣候政治無關，是和地運有關，吾友高陽先生未離世之前，已講過，香港恐怕會長期陷於低潮，地靈才能產生人傑，土已枯，山已頹，水濁而臭敗，在這塊失去靈氣的地方，生活的人還好得到那裏？

曼谷像一條小小的清流，閑時節來這裏洗洗手，看看雲天落日，或者到較遠的城市去，找到一片寧靜的地方，讀書冥想，泡茶喝紅酒，一杯咖啡也可以逍遙地把夏天看盡。

早些年認識一個修行的導師，經常穿一身簡潔的白袍和我談大咬飯，袍袖飄飄，他老兄又是長髮長鬍，真有些意思。

我想，遲六七年後，不談買賣江湖，不入人間水泊，不做寨主，在餘下的歲月，常穿一襲白袍，賞風賞月賞秋冬，也頗有趣呀，只不過不會留髮留鬍，不想有個老頭的形象！

這正是：人皆說是白髮好，我卻餘墨染白頭！

戰鬥完了已黃昏？

這個是一部日本小說的名字，大概是說：每個人都有自己的奮鬥歷程，不限年齡季節，完了之時，就是各位的黃昏，請去看夕陽景色，你再不是最後武士，但希望你老兄最後冇事。

有些朋友很早就拔旗息鼓，甘心被孫仔女騎牛牛，最後可能像一隻荒廢了的牛牛，躺在醫院的病床上，等兒孫來探視一下這件曾經玩耍過的動物，每次一想到這裏，馬上一紮而醒，他媽的，我要奮鬥！

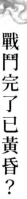

我身邊頗多小型的幸福號郵輪，就是不想有兒女的兩口子，女兒乖鼠已經是一個例子，其他妹妹羣中起碼有十隻八隻如是，準備只和最愛的一半揚帆出海，享受黃金歲月裏的漂亮時光，一面奮鬥，一面趁休戰空閑去盡天涯海角，標準的戰士生涯，像足海明威先生，在戰地鐘聲裏，享受戀愛和美食人生！

我告訴朋友，奮鬥是多元化的，每人的戰鬥方向都不盡相同，除了掙兩三餐飯之外，都有個微妙和不可思議的宿命，誰都可以說：正職追女，副業打工，或正職求乞，副業董事經理！所以正職盡情享受，副業打工或做生意，合情合理之至。

也許看過很多身邊的朋友，識於豪邁跳脫，恨天無柱，地無環的時節，分手於對方在病床上無言無視也無意識的時刻，逐漸才知道終生奮鬥的好處！

慢慢就有了一個心願，像和女兒乖鼠笑談中所說：不要怕黃昏之後，會進入另一個不可知悉的世界，我一定會來接妳！

只要你是我的兄弟妹妹，我也會準時接你，他媽的，請那時笑得燦爛些！

從來沒有這樣傷感過

（這是和快樂距離越來越遠的夏天，也是傷逝越來越近的秋天，不見得下一個月還有希望，只有一個酷寒的冬大。仿狄更斯的《雙城記》）

之前看見很多妹妹是哭著上街，大哥我不敢也不能問她為甚麼理由，當然心知是一個無以名之的信念，可能各位兄弟妹妹的十字街頭時期，都有一盞盞來自劫劫前世的油燈，這點餘火是信念，信念是甚麼？也許是從傳統的手指漏出來，迫在牆角或象牙塔時，在某種時刻，血管是燈蕊，一根火柴就可能燃亮所有人類的胸臆，這些感受，很多人從來沒有過，像搖藍歲月裏，偶然在簾捲時望出窗外，夏天的雨，秋天的滾雷，冬季的晨露。

長大後迅速成為大樹後，就沒有這類一彈指的記憶殘影片段，譬如廚煙，飄出就等於霧散。

十九世紀，俄國詩人一篇動人的散文詩：窄門。

大哥我輕微地改寫，更貼切地形容她們的心態，這種心態，是從來不太可能在尖子或品學兼優的人類中誕生的。

窄門：

高高黯沉的門外，一撮等待進內的女孩，面臨守門人幾個問題的考驗。

他問：裏面只有不可知的明日，冷漠，傷心，痛苦，妳們還要進去嗎？

她們答：我們知道。

他問：可能還會有犧牲，失去朋友的信心，家人的希望，還想進去嗎？

她們答：可以，要進去。

他問：但將來可能被這種信仰背棄，也知道無非是青春期，一種迷茫的所謂信念，妳考慮清楚嗎？

她們答：非常清楚。

最後他問：而且更嚴重的是，妳會等於犯了罪，要進去嗎？

她們說：就是要進去。

於是一道黑色的門打開，她們走了進去。

同時有一個聲音：這些蠢女孩。

也有另一個更明顯的聲音：她們比神更超卓。

突然想起魯迅先生的一篇小說，狂人日記。

最後一章，最後一句：救救孩子。

網球拍，好書、好茶、好點心

幾十年在商場遠地，離不開就是網球拍和一盒好茶，一本可以在開會期間讀完的好書，當然成人雜誌之類是點心類，提提神而已！

幾十年的習慣，大致是風雨不改，只有在哈爾濱之時，很難找到網球場，自是帶書不帶拍，於是大江南北，由大連到北京，到杭州，到廣州，特別是沙面區，球場拍得住香港，教練費用便宜得多了，至於臺灣、泰國，甚至澳洲，無不如此！

常常告訴我的朋友，生意二三十年而已，任憑你老哥生意做得多大，七八十歲時你可以腰骨挺直，雙腳不痛不彎，還有一丁點兒看狐狸的雅興，乖乖，你已經是前幾生敲穿百來個木魚修回來的。

所以非堅持運動不可，沒有時間啦，太忙啦，這一輪身體不好，情緒不好，要陪家人小三小四啦，他媽的，全部是藉口，到你真有時間和需要運動，唉，可能你已經坐在輪椅上，這一天要來就來，不一定要等到七八十歲！

至於讀書增值，我常罵生意上的朋友，你在開會晚飯後，小去兩三晚卡你媽的

ＯＫ，小摘一、二次路邊的喇叭花，甚至睡時趁酒意剛過，讀兩三頁經書，十年八載之後，你不做生意轉行做法師，也可能做個高僧了。

其實做生意也屬於修行，賺不賺大錢小錢，反而是過程以外的事，人生最寶貴的收穫無非是轟轟烈烈，或美如湖面而已。

財物肯定是你老哥帶不走的，隨身的大概是你今生修回來的智慧！

那絕不是你各位大哥的所謂生意，一堆飯糰而已！

余東璇別墅

在淺水灣那座古堡，是香港著名景點，有過不少稀奇古怪的事件。

六十年代真是一個賞書賞雨的年代，大哥我的緣起是與水為伴，雖然命相老師說我一生忌水，命裏水冷金寒，曾經問過老師：豈不是今生與水無緣？

老師說：相反，忌水更要親水，離水死得更快。

那時頭髮多，搔落了一萬幾千條頭髮，依然不知道這位上海佬老師想說甚麼，幾十年後，難得還剩下一萬幾千條頭髮，驟然回首，才知道，老師說得真對。

六十年代的游泳老師是陳震南，跟他教教水，做條只會咬人的小殺人鯨，倒也不錯，暑假淺水灣兩個私人泳池，在南灣和中灣之間，馮先生的泳池去得最多，余東璇別墅難得三四次，但每次印象深刻，後來在電臺寫夜半奇談式的劇本，一想起這座大而沒有陽光陽氣的古堡，自然就有這種創作氣氛。

各位兄弟妹妹，鬼氣陰森的地方，不是殘舊凋零，黯黑無人，冷風陣陣之類就會嚇死人，而是午間陽光彷有彷無，黃昏日悶，有種冷入骨髓，像個無形無相的物體跟在你的身邊，怕未？

每次教水後，六七時左右，比得上鄧苟克大撤退，一百公尺七秒七，不是跟死神說拜拜，是跟隱隱約約的婆娘打個招呼，千萬不要看中了我，我不是鮮肉，是曬焦了的燒肉，拜託。

雖然如此，到底沒有出過太心寒的糗事，不過如果是要來這裏教夜水，十萬元一個鐘也不要預我。

大哥我一生看電影無數，尤其愛看恐怖片，當然帶女朋友是必要的。

惟有一部電影，沒有甚麼驚叫，鬼怪出沒的場面，但大哥我心膽俱寒，那時利舞臺戲院還存在，坐在三樓高層，一直唸了幾百句觀音姐姐的大明咒。

這部電影也是圍繞一座，比吸血殭屍老爺的大屋更心寒的古堡，恐怖的不是可以看到靈界的來客，而是根本沒真正出現過任何的形體，隱隱約約，冷風冷雨，野草飄萋，各位老兄妹妹，有膽一個人，在自己的客廳或房間，乖乖地看完這部電影，以後還敢關燈獨睡嗎？

古堡魅影，女主角是狄波拉嘉。

片中的古堡，真像淺水灣這座大屋。

由新三國說到明朝

最近重看由大陸和臺灣合作的劇集：《新三國》。

為甚麼會如此偏愛這個劇集？原因是劇本非常出色，人物選角出色，演員出色，嘆為觀止，香港的編劇再寫五十年也寫不出來！

《三國演義》這部書，八、九成是用發生過的歷史故事，加上在《資治通鑑》裏面，東抽一條腸，西揀一個生殖器官，再加一副全新的輪廓臉孔，然後堆堆砌砌，剪剪貼貼，加進些甜酸苦辣，奸奸狡狡，巧取豪奪，諸如此類，然後又熬了幾百個不眠的晚上，先後製作出大批生勾勾，真有人性造型的歷史怪人，迷惑了往後百年的讀者，一直相信事實確然如此，羅先生，讚了。

金庸先生的武俠小說，也同樣利用很多歷史上的橋段和真真假假的朝代人物，如果你老哥認為是真有其事，郭靖和黃蓉參加過當年的襄陽之戰，康熙的密友是韋小寶，或者在臺灣老四川打火焗的喇嘛可能都是懂得大手印的武功高手，恭喜你，最溫暖的精神病院的大門已經為你們打開！

雖然《三國演義》間接滅亡了整個末代明朝，和害死了我其中一個偶像袁崇煥，也直接令本人認認真真地讀了一段時期的明清歷史，從前印象裏的既可憐又正面的崇禎皇帝，其實是個仆街昏君，活該自殺，但羅貫中先生不能不讚，他的確寫出了人世間的幾個層面，以及對緣起的多種看法，因為普通的凡人，一般只懂得隨緣，卻不懂如何對視緣起！

翠堤何必有初曉

五十年後，吾家女兒乖鼠介紹老爹我看一部電影：《星聲夢裏人》。浪漫如一袋朱古力味道的薯片，各位吃過一種很色彩的餅乾嗎？一些厚厚而甜在感覺，不在牙齒的軟糖嗎？一杯藍山加一塊餡餅，在遠有濃霧，眼前有一層秋霧在露臺，中宵起來，星多像在百潯之下，臥看滿天花雨。

每一個年代總有不同的浪漫，我和米芝虎娘子喜歡看一部深情驟變，分手在黃昏，再遇在另一個傍晚，驚覺愛得深邃的人，站在不遠的深沉處，人生就是如此無奈，這次擁抱時舊歡不許如夢，這部電影是：《俏郎君》。

中年的藝術家愛上來訪問他的小女孩，沒有錯愛，不應愛這些守規矩的錯論，本來就是四萬八千個街頭和好望角的塵世，每個人其實都不應該帶著少許的色彩的人生，就離世出走，真是不可饒恕和原諒的大罪，浪漫緣起無由，十八歲的青葱加成熟的古典音樂，是漂亮加一份濃茶乾果的早晨，這部電影是：《玉樓春曉》。

稍後是轟烈的夏天，平淡生活的鋼琴家愛上迷夢一樣的金露華，我說未有看過電影上的金露華，等於從未看到甚麼才叫作漂亮的女孩，大哥我何其有幸，看過三個永不枯萎的女人，《魂斷藍橋》的慧雲李，《北非諜影》的英格列褒曼，我對好朋友說過：不知道甚麼是女人的魅力和韻味而妄言戀愛，真是枉渡一生。

電影裏太多好聽的音樂，常常時至中夜，這些半爵士的鋼琴聲，一直伴我仿如遠來的訪客。

這個年代是淡藍如幻的歲月，情不許過濃，愛是星巴克咖啡上一層芝士泡沫，淺嚐半杯就夠了，今天的人生，記憶從沒有夾縫，也沒有在闌珊處的燈光了，也許巴黎和歐洲風情畫上的顏色和爵士都失色了，我們的星聲仍在東方，仍在這小小的城市。

我的野蠻女友

偶然第三次看到一齣重映又重映的電影：《我的野蠻女友》。

當年的青蔥歲月猶如馬騮過樹，一晃而逝，那時那月，我們是一羣在半山懸掛的大水管走過的羣，下面是荊棘和密林，錯一步便會讓尖尖的枝椏把我們穿透地舉起，讓螞蟻和綠蟲渴飲我們的血液，真好！

我們也常常在鋪著草蓆的屋簷上看星，身邊是野蠻的童友，只要稍微睡得一丁點兒反覆，便會由十六層的高空下墜，像那本小說的男人，在經過的玻璃窗，看著曾經擁抱過的女孩，抱著另一個男人的衣服走入廚房，然後是第十層，九層，然後一生的大事像迅雷一樣走過！

第一次看這齣電影的時候，是首次在大學教現代詩的前夕，走進課室時根本沒有心理面對一堆賊笑兮兮，另有用心的野蠻猩猩，只要他們認為你不是他們的同類，你只有死得比耶穌基督更慘，好在念頭一觸如跳灰士，四周一望，找個有百分之十像裏面男主角牽牛的學生，問他：你看過《我的野蠻女友》這齣電影嗎？

於是森林之門為我打開，那幾年我是學生眼中最有獸性的野蠻教授！

昨夜再看到這齣電影時，依然感動，但走水管，睡在屋簷上，在不足一尺的天臺懸牆上放風箏，在深夜的海灘捉迷藏，種種心性都失去了，如果我是年輕的浮士德，會和魔鬼換一百年永不老去的野性嗎？

我想決不會，因為我身邊還有一隻野蠻但深愛的娘子跳跳虎和野蠻的精靈鼠女兒，至於野蠻的女友，且等來生再說！

迷失決勝分

早些時年，活地阿倫把五十年代一部電影：《郎心如鐵》。重拍成：《迷失決勝分（match point）》。

故事內容萬三分老土，一個俊男為當然的經濟理由娶了富二代的億萬小姐，但捨不得女友的狐味和情色誘惑，一直腳踏兩腳，終於到了這隻狐狸肚裏有了小動物迫他攤牌，他老哥把心一橫，他媽的，佈局殺了再算。

舊的那部電影結局，自然是精明的乾濕褸神探，把這個負心臭賊送上絞刑臺，情天長恨，天眼恢恢，報應絲毫不爽，果然證明耶和華先生在雲端一手咖啡，另一手腿蛋治，看著過程的發生！

但活地先生扭轉結局，雖然神探比得上福爾摩斯，但天演地變，時空交錯，人物錯綜複雜，這個可憐的負心男，居然是被迫逃過所謂因果報應！但絕非是幸運，和神探的智慧無關，只可說以為不可能出現的情節，在合理的情形之下出現而已！

其實現今的人間世，何嘗不是如此，好壞緣起不斷分秒出現，這一刻踢死你，兩分鐘後咬死你，諸如此類古靈精怪的實例輪流發生，這和邏輯論、傳統式的因果，或理所當然的報應早就劃分了界線，每個有情的際遇，歷程如何轉折，付出和收成不會平衡，好開場衰收尾，壞人好報，善人終於瞓街，根本無跡可尋。你老哥歸咎於命運嗎？命運也只是把你的雙眼緊緊地蒙上的黑布，沒分白天黑夜，晴時或雨季，收皮啦。

這好比傳統的古典力學遇到了相對，所有理性和認為合乎邏輯的推算，所有時空物理定律，一下子倒進了相對論的大漩渦，人間天上的生命旋律都重重疊疊，兜兜轉轉，再非玉皇大帝先生控制下的宇宙！

到了量子理論時代更大鑊到離奇怪誕，甚麼重力速度，再要加上可以隨著時空膨脹或收縮，可以不定時扭曲，星體也可以突變，你大哥如果用球棒拍打光線，可以看見光原來是一堆粒子，玻色子。

來自宇宙的有情自然被可逆可順的時空物理影響，原來一生在速度和重力中生活下的有情，肯定長命過靜而不動和木木獨獨的宅男，包括千萬劫的命運，只要大膽和夠勇氣活得有動力精采，越能早證菩提，不一定需要釋迦老師和耶蘇先生打救！

即使愛因斯坦先生拍枱大叫，不相信上帝會玩猜不到點數的骰子。

事實上不單是耶和華和他的家族，所有外星人，包括銀河系的統治者，所有去了賭場賭大小的教主，都無權知道下一舖的骰子點數，你老哥知道嗎？

一部電影：《二〇一二》

有太多無以名之的溫暖感，因為二〇一二年十二月二十一日，我們一家做了一個可能被視為白癡的事，我們相信世界末日終於來了，興奮，激動，一丁點困惑，感覺真好，那一段時期前後四五日，在沒有燈光的房間，沒有恐懼，沒有孤獨，我對可能隱藏在床邊窗前的朋友說，來吧，我們床上還有些位置，大家擠一擠，等待和靜靜，看末日怎樣吞噬我們，看死亡怎樣降臨，一寸寸或像一堆濃霧把我們窒息！

沒有等到渴望的日子，我們買了很多即食麵，梳打餅乾和罐頭，豆豉魚和沙丁，原本計劃在住所大廈的對面小公園，舖張綠色方格的枱布，我枕在厚厚的詩篇，握著娘子跳跳虎溫暖的手，看著女兒乖鼠他們喝澳洲的紅酒，然後中午時分，整幢大廈斜斜地，以一個優雅的姿勢向著我們倒下，很妙！

有朋友問我，會有做了蠢蟲的想法嗎？

當然沒有，因為那段時間，我們根本沒有心在整個世界，四季晴天雨天，全與我們擦身而過，但我們比任何一日更知道身邊家人的重要性，失去的情操彷彿全部回來了，記得當年年紀少，你會談天我會笑，玩家家酒，躲在帳篷裏聽鬼故事，在夏天淋雨打羣架，彷彿逝去的家人在一彈指間，跟我們重新活一次。

有比這樣的學習方式，更能增值自己嗎？

飲馬遍邀諸城

懷舊是包裹嗎？

大哥我有一段時期很喜歡Louis Armstrong 的歌曲，儘管是沙啞的歌喉，這個被稱為書包嘴的爵士歌手，一直是我寫詩操水打網球的朋友，有一朝早上起來，他唱what a wonderful world ，很自然和一齣昨晚看到的電影串連在一起，也是很喜歡的演員Robin William（羅賓．威廉斯），電影是《Good morning Vietnam（早安越南）》。

我來胡志明市時，雨下得很大，一堆堆走過的是電單車，沈默的越南人，不光亮的滿街廣告，和大陸某些黯淡城市相似的人流氣氛，有些食店明明是中文字的，大部分的面貌都很粗糙而且出奇陌生，不同我寄住過的城市，泰國，新加坡，馬來西亞和臺灣，這是一直被某種面具罩久了的人面。

我一家是夜間抵達的陌生人。

西貢就是胡志明市，當羅賓．威廉斯說「早安，越南」。大哥的記憶又回來了。

總是一層輕紗裹著被榴彈炮激發的煙火，霧霾在街道盡頭昇起來，兩邊還埋藏著未爆炸的炸彈，白色長裙的女孩在晨霧中，還拿著不知是遮雨，或是準備遮稍後陽光的大草帽呢。

越南的女孩子很精巧，像某些舊日年畫裏的妹妹，細碎而整齊的牙齒，可以隨時貼上去的笑容，穿一對花描的布鞋，騎一輛沒有鈴聲的單車，去看西貢河彼岸的男朋友。

很畫面的片段，我只要喝一杯咖啡，坐在矮矮的藤椅上，一刻便可寫好千行。

晚上八時去窄窄而悶熱的食店，一直想吃淡淡清甜的越南河粉，只有青菜在裏面的皮卷，也許還有長年的心結吧，第一次吃越南菜的時候是八十年代，在佐敦，深夜時分，一個由越南逃出來的導演對我說：男子漢都喜歡吃這種表面沒有味道的皮卷。

對，男子漢由年輕時沒有滄桑，沒有染過生活中苦澀酸甜的際遇，是熬不出濃烈如醇酒如刀刻的韻味的，生活和四季像一碗惆悵如湖水的醬醋，醮滿了這些不垢不淨，不增不減的調味品，才知道皮卷變得真好吃。

早安，越南。

湄南河是一衍水城

各位兄弟妹妹，無論怎樣，我還是推薦湄南河對面的半島酒店，如果你的情懷依然浪漫，仍未被物質和生活上的壓碎，仍可想像太陽系以外的寬闊銀河如發光的霞彩，如果你僅有四天的假期，你盡可在高層的窗內房內耗盡，雖然奢侈，但不會是浪費。

你有時會懷舊嗎？古老如八十年前相片的街道，常日也塞車的唐人街，發酵但終於令你有些感慨，惆悵嗎？不會，因為你沒有在這裏生活過，沒有在破破爛爛，永遠帶著些煙草氣味的清晨醒來，雖然是潮州人的城中一隅，但很少嗅到岩茶的濃香了，各位好朋友，這個小區雖霉雖濕，但總有我們不能匆匆棄走的親情，所以我也希望幾乎已不知何謂傳統的朋友，進去耽一個上午吧！

這裏的陽光永遠炙熱，不同於香港，香港的陽光是他媽的犯賤和潮濕，不會讓你有個舒暢的下午和黃昏，而曼谷的夏天縱是不常不斷，但乾淨如爽身粉，即使在劇烈的網球後，很快地，年輕的感覺又回來了，天氣真是一隻頑皮的手，可以把你捏碎在果仁或糖漿裏面，而我是喜歡聞到杏仁和番茄乾的氣味，你們呢？

雖然常常緣聚緣散，但決不會有悲涼的感覺，人生本來如此，人與人的相處，慣似如霧如露。情是何物的情字，不會植根在寫在河面的戀愛吧，天南地北雙飛客，客，當然是指朋友啦，感情是不會氾濫的，所以也不必問：可以共聚幾回寒暑！

短短的遨遊（馬德里）

馬德里也比不上巴黎的感覺，巴黎是可以在此浪漫大半生的城市，可以唱出一條又一條河流，譜寫一街一街落葉，當人在街頭的茶座，可以聆聽很多秋季帶著高跟鞋走過的聲音，每一杯咖啡，可以看到櫥窗的倒影，而在馬德里，偏偏就少了這些摺疊在歲月的濃冽氣氛。

這裏沒有博物館和羅浮宮，吾友畢卡索先生的畫館在三個小時車程外的巴塞隆拿，每次看到他的畫，總想起第五空間，只有在那個空間的瞭望，才看到人的正確的樣子，特別是所有的女人，都應該是五個耳朵和兩個嘴巴。

其實我們一直是和這類的嬋娟戀愛，漫步，說盡人間世的壞話，至於有幾個奶房？還是忘了吧，東方人永遠不會像畢卡索。

另一個故友的小說，西萬提斯的：唐．吉訶德。

每次讀的時候，總是懷疑和帶著丁點的傷感，倘若他生在元朝，他是一個活在曲中的詩人，和我們一起驚夢，一起譏笑在另一個年代的人性，但西班牙只給我一個聯想，當英國伊莉莎白一世的旁普王朝年代，一百艘戰船出海，結果在英倫海峽灰飛煙滅，敗於一陣無以名狀的北風，唉，都過去了，也許還有一段段寫在水上的戀愛呢。

別忘記西班牙，還有一個在傳說中跟我們才子唐寅，同樣攬美人無數的唐璜。

當然，他並不姓唐，唐（Don）是指先生。

有時寧願每個約會都活在心臟深處，可以聯想包裝，像五月節的龍鬚糖，一入口就溶入血管，彷彿可以留到冬天。

馬德里天明如鏡，就是看不到像躍馬橫戈的浮雲，海明威筆下的鐘聲和鬥牛場上的呼嘯，都逐漸淡出了。

昨天早晨，在皇宮外的廣場，聆聽我最喜歡的歌曲：this time to said goodbye.

至於舊如積木，標本了的故日忘情，不再是該說再見，而是突然全部都回來了，也許包括上幾生未放入搖床的日子。

下一個約會還遠嗎？

在朦朧中的法國

十多年前往巴黎談項目，第一次到我心目中的拜占庭巴黎，看到聖母院和霧氣中的城堡，詩中的萊茵河和渡輪下的忘川並無分別，雖然我很難寬容看待出賣貞德的片段，但由寫詩的歲月開始，就迷惑於大堆詩人的作品，波特萊爾、梵樂希、阿保理奈爾．藍波，和存在主義的卡謬，當然還有寫莫名的微笑的莎岡，配合現實中的巴黎，這才是真正浪漫的開始。

以前勸喜歡寫作的學生，想寫小說嗎？請去英國，感受莎士比亞和狄更斯的霧霾四季，莎翁的劇作，絕對可以打好你的思維邏輯，比起美國佬的海明威和福克納，後者小家子多了，但懂詩寫詩的人，喜歡現代主義的知識份子，怎可以忘記巴黎？

今時今日的巴黎是傷心的季節，本來有個酒莊的項目在波爾多，順便可以看看久違了的巴黎，似乎應該放棄吧，原因是不想看見它滿身槍彈的傷口，用最好看的秋葉都遮蓋不住。

人與城市永遠有難以言喻的緣分，譬如說我和倫敦，這個長期深邃，霧和寒雨終年被一條條潮濕絲帶纏繞的城市，可能有一兩生的情意結也未可定，而巴黎和歐洲，是屬於女兒乖鼠的，她每次在巴黎開會回來，總會帶著些歐洲的舊夢。

根本沒有所謂愁城

一個個懸掛在夏天山下的城市，就在我們喜歡聆聽的爵士音樂伸展，左邊是歌劇院，暮色蒼茫過了之後，也許我們可以去聽聽杜步西的鋼琴吧，蕭邦和莫札特早已經過時了。

甚至華格納，諸神的黃昏，木馬屠城記，是我年輕時候最傷感的聯想，如果我是有所選擇，手上的金蘋果，會交給維納斯嗎？會讓希臘人的一千艘戰船下海嗎？會在一箭穿過亞基里斯的足踝，之後，還拖著馬腹藏著戰士的木馬入城嗎？我想不會，也不會讓海倫回歸愛琴海。

九十年代我在愛琴海，乘一艘客船穿過靜靜的海峽，無以名之的魚，鱒魚和小小的長魚，彩虹鱒和多色的海母就在船下，我想像和家人一起浮潛的日子，不帶著一筒筒笨重的氧氣，不穿著保暖衣，三十呎下仍然沒有恐怖感覺，除了寧靜如藍天和一百個銀河系，一片片薄薄切碎的雲，我寫入過短詩的諸神，就魚貫列地，坐在白色小城的邊沿上。

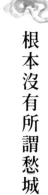

真像我六、七歲的朋友，一起牧牛，捉蟋蟀，打蟈蟈，落葉和殘椏，偶然會駐入我們的髮際，之後在短暫的緣散分手，從來沒有恩怨和千年後的約會，我在另一個城市的海倫，也不是因為妳們的蠱惑拐來的，香港也不會是另外一個特洛城，你送給我的木馬，早就在我的枕頭上焚燒。

右邊的城市是沒有歸屬感的大江南北，我是不願逐江隨河的貴客，不懂華山嵩山，沒有一幅幅山水和潑墨，可以走入過我的想像，巫山有巫山的風情，巫山的猿啼不如歐洲的楓葉，赤壁是不會跟滔滔俗浪的大江東去，只是一條沒有行腳和意識的大江，來往塞外五、六年，我只懷念過黑龍江的風霜雪雨，漫漫的凝雪鎖住哈爾濱滿城的燈火。

真是一個永遠不會有闌珊燈火的片段。

帶著鄉愁的城市

不錯，我是說臺北，臺灣，淡淡地帶著油煙昇起，那麼柔軟的鄉愁，臺灣是經典的地方，臺北是很經典的城市，縱使沒有上海租界時代，一連串雪雨下，飄遙地張傘望天的悠情，某段執筆的歲月，總想著在淮海路，法租界，孑然一身，踏破一路秋日的梧桐，有沒有女孩在旁邊都無謂了！

臺北雖然很多丁點丁點的殘舊，只要在任何的茶座坐得久了，總覺得有種微微傷感，不完全故鄉，又充滿遍紙離愁，彷佛母親臨終的叮嚀，口口聲聲叫你終歸回去幾次，這是個和江南，六朝金粉，秦淮短短的川流有相同情懷的地方。

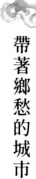

一個妹妹說得好，超經典的歌曲是浪漫的！

每次在臺灣，都不會想起鄧麗君或優客李林，舊曰的樓臺亭閣都不在胸臆，沒有彈詞和京劇，舊城故事早早隨著一彈指的時刻過去，我告訴一個臺灣的妹妹，喜歡這裏牛排的香味，四川師父辣辣的麻婆豆腐，滷肉飯，苦瓜排骨湯也很好呀，這些都像深愛而經典的舊歌，經常造訪我最近瀰漫著暖氣的房子！
臺灣真的入冬了嗎！

冬之冰點

今年的冬天真精彩，去年還對我家娘子跳跳虎說，一六年的年初肯定會比去年的冬季更冷呢，果然被我說對了。

晚上去親友的團年飯，帶著雪意的風從圍巾走進來，像一羣久違的朋友，他柔軟的手拖著我，指著天際，那是三十年的冬天，擁抱著我的身體，是深水灣早晨的海水，岸上是七度左右的冬季，以嘲笑的姿勢竚立，看著我游向浮臺！

九十年代，在東北的十一月，零下二十度，班機停在瀋陽，漫天風雪，雪一球球地滾過，整晚的冰雨和風嘯，我們被迫乘搭十六小時的火車往哈爾濱，一段趣怪而活潑的過程，窗外百里白色的植物和草原，只要把窗框拉開一丁點，便可聆聽千年來傳統狂流冷酷的歲月，彷彿歷史老師，一面用皮鞋敲著枱面，一面展示霜露相侵的古舊照片！

說甚麼也比不上香港的冷，無論是北京、大連、張家口、秦皇島，最酷是在北京，暖暖的酒店，一踏出門外就是冰河，但北方的冬天是乾燥的，香港是潮濕的，冬季熟悉的小手，永遠貼住你的身體！
臺灣的妹妹說：臺北今天下雪了！
真有福氣，香港大概明年就會下雪，就會變成一個漂亮的雪國啦！
我如是想！

我們的蟲洞歲月

九〇年的冬天我在哈爾濱，酒店窗外雪下如白色的花卉，星形的，菱形的，童年時想像過的，電影《史諾比》畫面出現過的，都有，排列在窗外的屋簷，那時仍是十月下旬，在香港，剛好是穿T恤短褲子，往維多利亞公園打網球的季節，場外綠草如川，伴著光著枝椏的樹，一起笑談，一起罵天，夏天的餘熱還站在肩膊上。

一轉頭，穿起大褸，走過雪印侵靴的長街，和東北大漢吃薄膜餃子，對飲如刀的烈酒，三杯灌喉，自覺豪情怒火，足以焚城毀人國。店子外的曠野彷彿仍有百年的馬嘶，長刃破風，兩軍對陣，頭顱墜落如雹，前幾生的記憶如滾雷般掠過。

一轉眼在澳洲北雪梨的咖啡茶座，用心識讀經典，用瞳孔讀路過的漂亮女孩子，未污染過的天空真好看，應該在雲頂架一座像曼谷有家時，花園裏的鞦韆，想到哪裏都好！

然後就盪回當下，剛從臺北回來，點水樓的小籠包還留在舌上，來來的豆漿和油條的香味仍在腸內，女兒乖鼠和娘子跳跳虎依舊在老四川的麻辣湯裏，可惜以前在忠孝東路街頭閒逛的落寞但滿足的心情，不知遺失在哪裏了。

歲月總是饒人的，各位兄弟妹妹，每人胸臆裏都放著很多蟲洞，像一大堆玻璃彈子，甚麼顏色都有。

妳童年時玩過這種遊戲嗎？不懂或忘記了嗎？

大哥我可以教妳！

又見長河

喜歡住在半島，是因為坐在窗邊，也可望著下面的湄公河，河去如流水，遠望如染污的汾酒，黃昏霧落，一桁桁的長船是一節節賀節後的煙花，忘川在我的腳下。

配一首舊歌，便可以想起上世的倫敦了，逝去印象如塔樓的鐘響，一串串狄更斯《雙城記》的面貌總簌簌落下，我常想尋覓在輪迴遁走了的親人，也許有一個苔蘚滿壁的古堡，客廳掛著長期征戰的家徽，戎馬半生，也許濟慈和雪萊都是邀飲晚霞的朋友了，圓舞和衣香伴我斑白的鬢髮，唉，百年如斯逝去。

識我的朋友都知道我從不東方，即使朝讀唐詩晚看詞，李白和後主都不在我的庭園，枉送我半生琉璃宮殿，東去的大江也是一條流入歐洲的暖流呀，想起倘若蘇軾乘一艘量子建造的獨木舟在樓下擱淺，倘若阿瞞閑來渡假，忘記赤壁的呼嘯還貼在胸臆，也許可以一起去看看滑鐵盧，也許我們都是那場的戰將，折戟飲血黃沙，那日五時連日雨，到現在彷彿還聽到蘇格蘭的笛聲，又是幾百年前的往事了。

每次聆聽如夢令的爵士，要良久又良久才可以回來，一彈指間往返億萬佛國，假若佛國並無浪漫，亦無可夢一枕，眷戀經年的嬋娟，寧可再徘徊幾世，如是生，如是死，如是總攬風浪驚岸的四季。

也許和這裏曾經有過彼此佈施的日子，說不定積欠尚未半點還，但逢一見忘川水，萬種惆悵總是針。

真他媽的活得過癮。

花嫁到日本

有位嫁到了日本的妹妹，寫了篇很中肯的文字，說日本人很重視傳統的家教。對，我很喜歡讀日本的歷史，尤甚於《資治通鑑》，蓋後者的編撰司馬光先生，是把歷代歷朝的國家大事，統籌起來，讓皇帝小子作為前車之鑑，但相信史上多數的皇帝大少爺，對於這類沒有狐狸在內的傳統事蹟，OKOK，放在書櫃裏面自然多過放在枕邊。

但日本的歷史，特別是歷史小說，作者是很有責任感的，會主動去尋歷史的根，裏面人物的花花草草，也是頗有根據的，不像我們的所謂歷史小說，一件事十幾個版本，單單是關公月下釋貂蟬，他媽的，又是斬，又是放，偏偏沒有愛，美而豔的狐狸為甚麼不能愛？惟大英雄能好色，我一個歷史教授對我說：關二哥其實也是一個好色的猛將而已。

日本自有大將軍以來，城主也好，旗主也好，整個家族十歲、八歲就嚴格讀書受家教，讀甚麼？是我們孔老二的儒家《論語》。

我們在鼻涕蟲和牛王仔時也讀《論語》：修身，齊心，治國，平天下。

但是他們真是由身教起，換言之，是從人乘做起，傳統以來，就知道文化可貴，學術可敬，他們的文學作品一直是世界級的，我們的文化是革命級的，比甚麼？

我最大的感觸，是他們對形而上下的看法，在宗教上和我們有所不同，早些年在北京，和一個在日本學佛回來的畫家，談起兩地的大師在唯識方面的看法，他告訴我：同樣是唯識家，日本大師和中國的神僧都是肯下死功夫，日本大師是死都要尋根問柢，幾大就幾大，最多十年不睡，死了算數，都要搞清楚每一句的關鍵地方，還要求證。

我們的神僧也是下死功夫，不過是在死了的前輩和菩薩遺留的衣服鞋襪下功夫，看看還有甚麼即溶咖啡，剩下的茶包，當然有千年不壞的肉碎更好，滾水加茶包，地溝油加些麻辣香精，把肉碎炒得香噴噴，有舍利子更妙，放入肉燥生菜包裏面，善信食了馬上即身成佛，當然要貨銀兩訖，這種佳餚，不是米芝蓮可比。

其實唯識裏面，把修佛的心路歷程調教，主要是身，語，意，而不是心為首的心，語，意，我們這個乖不乖，壞不壞的色身，心理和生理膽大膽小，怕黑怕死，遇境生情，跟裏面的五行：金、木、水、火、土，內臟六腑，是互動相連的，要轉變身內身外之法？容易嗎？

你不如去街市找間最大的肉檔，一張櫈仔坐在門口，勸買肉的大媽一家從此食素，你老兄可以生生猛猛回家再說。

對啦，《論語》第一句：修身。

這就請各位兄弟妹妹化化妝，整整容，大哥我一早問過好很多老師，玄學，相學，攝影，子平，美容專家，也在夢中和兜率天的老師校長，研究生，搞得清清楚楚，其實各位兄弟妹妹，眼大眼細，朦豬一線眼，可以改改，眼袋甚至肚腩大，割多十斤八斤又何妨？只要不胡亂僭建，一般的切切割割，是ＯＫ的。

等於信佛修佛，只要不隨便殺人放火，傾覆朝廷，間中起心動念，就算稍逆菩薩的教導，也是可以的，吾友十殿閻王說，地獄法不是世間那班跑江湖，自己去沙灘度假的神僧上人定出來的，分分鐘是代言人的胡說八道，靠嚇而已。

我所喜歡的泰國

二、三十年來來往往泰國和香港、澳洲、大陸，雖然不太深入泰國當地人的生活，但修佛信佛的人，自然有彼此的融洽感覺，而且他們僧侶的學佛過程，比中國只重儀式排場，忽略基本經典宏揚貫通，精進得多了，雖然是小乘之國，老師說得好，沒有小乘為基礎，談甚麼大乘？

早年問過僧侶和居士朋友，他們接受信眾早飯佈施，其實是不能選擇的，總不能說一定要求吃素，釋迦老師說法時期，也不強調弟子吃素，反正人家佈施甚麼，僧團就吃甚麼，至於老師在《愣嚴經》說十肉不能吃，是講給準備做菩薩的弟子領受的，堅持非吃素不可的信佛朋友，你大哥到了菩薩階段沒有？而且十肉不包括人肉，也許連人肉都可以入菜也未可定！

有些朋友問起，為甚麼泰國的佛寺很美觀開揚，不同中國傳統的佛寺，其實最早期佛教的寺院，都是大戶人家或皇族的捐贈，自然是各國不同，各有特色，只能說泰國對寺院保養得周全乾淨，成為旅遊觀點，可惜近年被強國的蟲蟲搞到七個一皮，雞毛鵝血，差在還沒有在睡佛的手臂或腳背大筆一揮，寫上全團的名字，或者像孫大聖突然興起，在佛像的手指遺下尊貴的各款各式的肥田料，已經十分俾面！

有個信佛的朋友問得更可笑，他說有些大德告訴他泰國佛很小氣，情緒不好時會整整人之類。

我說佛就是佛啦，豈有國籍之分，大部分菩薩都來自天竺，天竺那時的範圍很廣，還包括現在的尼泊爾呢，他媽的，你以為我契媽觀音是中國人嗎？當然不是，眾生平等，眾佛也平等，並無地域國籍之分！

大江南北

緣是有腳有心肝的，末了之時，隔了二三十劫，依然是徘徊足下，雖有時隔了十年廿年，以為拜拜啦，殊不知驀然回首，緣猶未散，還在你老哥眼角偏下的一邊，他媽的，依然拉住你的衣袂。

我早些年，策騎走江湖時，第一趟做大生意買賣就在成都，那年是在六四前一年，仗著一口破破爛爛的普通話，一些突如其來的人脈，開始傳奇古怪的落草為商，布衣傲王侯，從那時起，不得不信相命老師之言：人，真的有命可講。

時時會夢回成都，杜甫草堂是去過好幾次，大家都是寫詩的，他寫的我寫不來，我寫的，諒他也不能寫，不過，大家都有同樣的心志：安得廣廈千萬間，庇得天下寒士盡歡顏，雖說是划不過來的大話，吹吹法螺也無所謂，反正又不會被老師或菩薩記大過。

下星期又見成都，里弄小巷，秋冬寒風小雨，襯著兩衍窗戶垂簾，黃昏入暮，花言巧語舖滿街，真是舊日開心的回憶，最喜歡吃小店的脊里、七彩的皮蛋，當年大哥我，口花花遠勝今年，袋中銀兩花差花差，店內的大狐小狐，看見大哥的身影，無不眉開眼笑，他媽的，維摩詰老兄亦恐怕如是，他是金粟如來，本人好歹也是個金芒如來，芒果比粟子大得多了。

成都還有夢嗎？

來去匆匆，二十六年前兩載非煙非霞彩，涼秋寒冬的歲月，真是八秒十秒的枯葉寺鐘，回想當年，武侯祠內的諸葛先生，綸巾羽扇，雖無坐騎，但坐鎮巴蜀的音容仍然在線裝書內，在入口的石牆上面，依稀還看見魏延，依稀還聆聽到姜維，東去的江水，還飄浮著燒焦了的大船，依稀還看見橫槊的曹操，他瞳孔裏還有擁著大喬小喬進入銅雀臺的印象嗎？

還是一個很懶很平靜的成都，記憶有幾條已經找不到的橫巷長街，也許像電影拍攝過後，搬進另一個維度空間，另一個黑洞，唉，遙遠的影像只能送別，這是我凌亂的歲月一格，驚濤拍岸，在千堆千堆的雪積中還可愛撿拾出來嗎？

不需要再經過三峽，我早就聽見如滾流，如蓋過夏日蟲鳴的猿聲了，讀遍《三國》之後，總會聯想白帝城和佈滿苔蘚的棧道，真正踏入成都，常常記起一個遺憾，早知在那些年，那些劍和雨都擁有的日子，是可以去看看沒有十殿閻王，沒有黑白無常的酆都的，留宿一個殘缺的晚上，靜聽不是人聲的呼喊，推窗看看奈何橋就在左右，寂寞如許如水。

長鋏歸來嗎？在度過了那麼多不是青葱的歲月，沒有所謂浪費了的牽掛，下次再來的時候，還是帶一把雨傘吧，身邊的大喬雖然已經垂垂老了，回想當年並不憔悴惆悵，邀飲四方諸國，也不過是立願做個驃騎商人和詩人而已！

長鋏歸來乎？

由斷橋到靈隱寺

世間緣起，每每由童年時代牽起，杭州本來是書上之故事，特別是在《書劍恩仇錄》，錢塘觀潮，三潭印月，湖中橋，塔中倩影，常常是我的掌上詩文，夢入五更的嬋娟。

由荷花大少變為街童牛王仔，有一段時期活在澳門街，有個親人在當地專演粵劇的平安戲院做經理，所以我咬過晚飯之後，常去打戲釘，看粵劇，最深印象是仕林祭塔，其實就是《白蛇傳》，早早種下雷峯塔的印象。

那時最討厭的是臭和尚賊禿法海，他媽的，敗人好事，不通佛法，不懂緣起，執邊見為我見，罪該問斬，本少爺發過誓一旦做了菩薩，第一件事把這條走火入魔的人棍紮起來，先打他三百屁股，再運去天竺恆河浸豬籠。

那時澳門南灣樹下還有說書人，日落黃昏，一眾頑童洗了白白，變成乖豬乖狗，聆聽唐裝衫，白褶扇，一把油喉的講古佬，講《隋唐演義》，薛仁貴九牛二虎之力，如何生擒朝鮮佬蓋蘇文，薛丁山三戲樊梨花，濟公與白牡丹之恩恩怨怨，又如何如何，以南乳腐竹煲二郎神的斑點狗，聽得牛王大少我，口水流入肺，繼而神遊唐宋，觀花問柳，尋尋覓覓，由南京的秦淮臭河一路北上，自然而然，就走到靈隱寺附近，只是聽書不如看戲，又不知濟公這條粉炳樣貌如何，於是回家問問老爹，他說：格老子換件破爛僧袍，手持爛葵扇，就是一個濟公啦。

山外青山樓外樓，西湖歌舞幾時休，春風薰得遊人醉，直把杭州作汴州。

說的便是杭州，大哥我做大買賣，視歲月如草芥，和貪官大吏胡天胡帝之時，良辰未到，到得前幾年，正是火到豬頭爛，果熟自然夠鐘引馬騮，大叫一聲我來也。

他媽的，正好運用袋中臭錢，買通杭州上下包括山神土地，先把困在雷峯的白娘子私下放了，讓她到閻王兄弟那裏找她的相公許仙，之後找到臭和尚法海的老巢金山寺，一把火燒得乾乾淨淨。

最後上得靈隱寺找濟公兄弟去，廣邀五百羅漢，搞個狗肉大宴，紅燒狗腿，烤一百幾十隻全狗也可以，大哥我自然捧為上座，既有降龍、伏虎、大小伽葉羅漢和尊者，作為首座，乃可自封為：伏狐大羅漢。

不過，最主要是要看看，濟公哥哥是在靈隱寺，抑或轉行做了精神科醫生，蓋今時今日，世人比那些年的濟公癲得多了。

還有一件事，要看看濟公先生像不像吾家老爹。

一葉玲瓏，殘井冷事惜音容

聖賢之徒總喜歡說：怪力亂神子不語，這句等同放屁，神鬼之道，儒家夫子識條義。

在北京與高官同行年代，去過故宮，他媽的殘殘舊舊，雖然客如螞蟻蚱蜢，但總有惆悵冷風枯闕，樹蔭牆角倚坐故日宮娥，怕怕。

去看珍妃井，隨行的六扇門頭目在我耳邊裏：原井不是這裏。

我說：不是在榮壽宮外嗎？搬來搬去，搞甚麼鬼。

捕快說：原井是在貞順門，就是有鬼，要不要去看看？

我說：他媽的，鬼有甚麼好看？

他說：大爺你雙眉如劍，世間少見，讓鬼看看你，你也看看她，豈不是很過癮？

於是撫掌大笑，這位仁兄是北京通縣人，肯定不是蝗蟲。

雖然沒有去看原井，但心裏戚戚然，兼媽媽有聲，慈禧烏龜王九蛋太后，決定揭他媽的臭底，先去看珍妃的記載。

各位看官弟妹，追尋人物舊事自然去上網或YouTube，但十有九老作靠估，等於隔離房的師奶大媽的屁後真言，信不過。

偏偏大哥我施施然，咬完一杯雪糕，就找到一本：《慈禧身邊的宮女》。

又剛剛喝完一碟羅宋湯之後，這本書熟如Port wine伴芝士。

那時的二總管是崔玉貴，整件事是由他包辦的，由慈禧老烏龜在樂壽堂，叫他召在景祺閣東北三所冷宮的珍妃，在頤和軒見面，到下令把珍妃姐姐推入貞順門的水井，另一個助手是王德環。

那年那天，是一九〇〇年，光緒二十六年，七月二十日，不是他媽的八月十五。

這位沒有小弟弟的內廷總管，也幸運得很，因為第二年老烏龜著草回來，把崔玉貴伸了出宮，說他擅自謀殺了珍妃。

歸根究柢，珍妃之死，性格之外，拖泥帶水的痲煩事件一團糟，主要原因是站錯位置，走在光緒後期的維新革命派，注定非死不可。

這個革命可以說，是由康有為一個未成熟的班子搞出來的，根本沒有看清楚時勢前後，再莽撞地找來一條人棍袁世凱，害死了千百條恨時不與我的君子。

這條幸運的人棍居然又可以逃去倫敦，死得舒適，他媽的，真是老天染了青光眼。

記得有次和通史教授，談起做了八十天皇帝的反骨佬袁世凱，這條超級古惑識睇時勢的人棍，是不是投了胎，做了俄羅斯普京的顧問？

教授問我：如果你是這條人棍，知道那次革命，只有一條死路，說不定全家老少，在菜市口凌遲處死，每塊肉片只賣五仙，你去不去嗎？

大哥我嘆一口氣，願所有百姓多福多壽，不在人世的輪迴轉折。

夢隨金陵不覺曉

你品嚐過，在一餐晚飯時，一百道不同的菜餚嗎？

早些時我也見過一百道同時上枱的場面，可惜味道和細膩的口感，比不上九十年代，在南京，秦淮河附近的夫子廟，也是一百道小碟的菜餚，一輪輪地上菜，侍應嬌嬈、可口可愛，大哥我和澳洲來的夥伴，是南京政府的貴客，外國人初飲五糧液和二窩頭，死頂到最後一道菜，白種人變成紅種人，真搞笑。

是這樣的，一百道菜，每五六道一輪，小碟送到客前，之後甜點，一杯花茶漱漱口，另外五輪。

小曲盈耳，轉來轉去的古裝嬋娟，真有點像古代的王侯宴會，歌舞朱雀報昇平，報盡五更猶未歇。

可惜今日秦淮河畔，枉自回憶昔日鶯鶯燕燕，否則飛箋召名狐，倒也有點王侯大吏，秋風深宵仍暖，雁落楓葉平沙，攬看一城燦爛星空的味道。

有朋友問我，有去看過明孝陵嗎？對不起，古人的陵墓有甚麼好看？又腐又爛的空氣，他媽的，中國的古屍艷屍，比埃及佬的木乃伊更沒有看頭，去年在北京吃涮羊肉時，小小一個店子，認識了一個琉璃廠的大老闆，他媽的，也不知道咬了多少羊肉，這個道地的北京佬當我千年知己，說一定送我一兩件南京十三陵的國寶，我說國寶不必，古董於我如網球拍，國狐可以將就。

中國四大名寺，是國清寺、靈巖寺、玉泉寺，南京棲霞寺排首位，修佛家空宗三論、中論、十二門論、百論。

乖乖，馬上託官老爺找個方丈住持吹吹水，那時大哥我剛剛起修中觀，也知道南京有個來自波斯國的拜佛家族，其中一個就是中觀行人，吉藏法師，能讀通提婆的百論，非常不得了，呱呱呌。

當日和圓頭圓臉的住持兄弟談得投緣，幾乎想燒黃紙，咬手指滴血，但想落不妥，他日這位兄弟邀請我去古剎暫住兩三日，豈不是比世界末日更恐怖？古剎總有些殭屍妖怪之類，住持和一眾和尚是熟人，大哥我可是離不開狐狸的凡人呀，他媽的，等到古剎的房間有電視和DVD機再說。

記得和住持兄弟有同感，一般法師菩薩都說：人人皆有佛性，所以人人都是佛。

我說：人人都有獸性，所以人人都可以變成野獸。
請看清楚歷史上南京的遭遇，各位兄弟，我說得對嗎？

北京和南京的靈異長空

大陸江南一帶，偌大的地方，說沒有靈異古怪的事件，真是說不過去。

深信怨氣深種的過客，從陽關走向奈何橋的半途也會折回人間，特別是在帝苑深闕，幾百年望月無雲，冬雪春霾，無形的殺戮寃死，尤甚於戰場城垛，北京故宮，集中了兩朝陰人妃嬪生前的委屈仇恨，穿腸透骨，死後也應該有她們的平行世界。

在電臺寫怪談時期，曾經和某個監製拍枱辯論，我說非常簡單，無啦啦突然死亡或尋死的人類，一口怨氣仍在心頭，這種不忿之心，可以留住心王八識第六七八識，所以特別是上吊跳樓，不應死而死，根本是不以為自己已經死去，凶宅由來，九成是這些以為突然斷片的昔日住客。

那次伴我去看珍妃井的捕快，親口告訴我一件鬼故事，九十年代的故宮，黃昏之後，已經撤消了巡宮守夜人，他媽的，又有甚麼膽大如貓的遊客，夠膽在陰森迷霧的故宮走來走去，除非是外國的貴客，像大哥我，也有幸看到故宮不開放的另一面，不過我膽小，看的時候揀早晨，再不然，找幾個高僧，抬了寺中的羅漢菩薩陪我去也可以，見了珍妃姐姐，最多和她造個訪問。

通縣人捕快哥哥，那天陪幾個堵車遲到的貴客，其中包括兩個外國人，去看故宮的另一邊，一路騰驪雞，似田雞，一個鐘頭的宮路半個鐘完成，以為回路喘一口氣，經過珍妃井，壞了，三個穿了宮人旗袍的倩影坐在井邊，秋冬時節還執了團扇，很清楚其中一個瓜子臉，面上很有點笑容，望了他一眼，他記得由頸背涼到足踝，而且五、六個人只有他一個人看得見。

他一星期後陪大哥我看雍和宮，才說起這件事，兩個月後我再來北京，這個每次做大哥我的司機，六扇門，清清秀秀的小俊哥，已經躺在人民醫院，癌症末期，我去看他，他居然還有心情說笑，不知道自己是否有點像光緒皇帝，珍主子要找他做伴從。

我那時想，倒未必是珍妃，她的心上人光緒皇帝，對她可是誠心一片，也許是其他寂寞幽幽的宮娥，難得有個完整的俊男，可以陪伴深邃無間的歲月。

想讀一本內容有楓有鳥的書

這個城市不是從容得可以看雪看楓，或者在梧桐樹邊和女孩子談昨晚廚煙的地方，即使很多餐廳的牛排香味從黃昏，就開始流入所有的長街，我會告訴臺灣的妹妹，這裏的牛排即使沒有妳那邊帶著鄉愁的味道，但咬下去，便會感覺逝去的西方日落，曾經徘徊在狐步和圓舞的一丁點浪漫，彷佛又回來了！

常常想找一個咖啡茶座，讀些小說，讀些經典和情色的故事，亨利．米勒當然早就過去了，卡謬的性感告白是不合格的，惟一是渡邊淳一吧，再來一杯慕加咖啡，再來一碟義大利粉，便可以一直讀到清晨！

在墨爾本和雪梨，巴黎到希臘，在幾乎可以觸摸凱旋門的茶座，發覺原來還是不夠的，沒有龍舌蘭，沒有蟬叫和蝴蝶啃咬著的季節，沒有嗩吶，僅僅只是憑弔羅浮宮和聖母院的最好時刻，這就想起拿玻崙，和他最後的泥濘中的一戰，他的心臟，其實不應掛在滑鐵盧農舍的屋頂，唉，都過去了！

拿著一本書，踢躂著酒店的拖鞋，應該到甚麼地方的茶座呢？

遠遠看看能攀的水雲處，沒有冷如淒風雪雨的冬天，我向侍役打招呼：給我一杯黑咖啡吧，稍後請提醒我去看長灘的黃昏和衝浪的女孩！

這是華欣！

又隨金陵夢未休

若問我：中國偌大的地方，那一個城市，可以捲起胸臆裏很少揚波拍岸的漩渦，是北京嗎？沒有，京華碎事，猶之一掌淋過的微雨，轉眼就乾如五月露臺。是大連嗎？更沒有，只是驚訝仿有日本島國的餘味。是哈爾濱和瀋陽嗎？沒有，只記得大雪像一個個可以捕捉的雷，頑皮到了極點，十六個鐘頭的車程，霾霧在窗上，日記也在窗上。蘇州和杭州？小橋流水人家，瞇眼凝目也看不到跑馬高城的嬋娟。

若說惆悵，還得說說南京，幾千年重重疊疊的朝代金粉脂香，本本舊書都說秦淮河畔，本本小說都說怨鎖江陵，大哥我去了十幾個名城大寨，他媽的，終於在中國第一個星級酒店，遇上了，不知來自空間，或是仍不肯捨城而去的來客。

稍微認識我的朋友都知道，我沒有陰陽眼，但我的靈界感覺超強烈，也許是貴客身分，各路逝去的英雄多少給我面上貼金，在傳說最多的古城新路，任何級數的飯店，即使娘子跳跳虎不在身邊，從來沒有半夜醒來，驚客伴坐床沿之類的電影片段，但終年打雁，終於打出了眼疾。

那年秋天，在金陵飯店，各位仁兄仁妹，有看過解剖外星人的記錄片嗎？他媽的，Three o'clock in the morning，大哥我就是等待解剖的外星人，旁邊有兩個好像穿黑袍的大夫，好在經年修佛，滿腹都是消化了的經書，這兩位從別地來的醫生，大概也下不了手，捱到了五六更天，就在翳兮兮的晨露中，看到了久違的太陽。

還記得那天下午，去看了大屠殺的紀念館，一路上惆悵不語，沒有被昨晚的際遇嚇壞，也許是一個邀請，好提醒大哥我：

霧霧城，茫茫劫，百里長街，中有碧血，碧無盡，血亦無缺，鬱至深時，化為陰闕。

我所熟悉的日本之一

早在我的寫作時期，曾經狂熱地閱讀日本作家的作品，由芥川龍之介、川端康成、三島由紀夫、夏目漱石，到較現代的村上春樹和渡邊淳一，讀得很多，當然也順帶看看日本漫畫，鴉天犬、假大空、七騎士、哥普拉系列，若干成人漫畫，乖乖，這樣才不致於失去平衡，好過某些道貌岸然的智識份子，非聖賢儒家的經典不看不讀，果真又臭又硬。

老實說，日本的階層文化到了今時今日，仍然枝葉茂盛，中國枉稱文化大國，四千年又怎樣，全是斷斷續續的傷痕文化，他媽的，大傷小傷，根殘枝爛，早些年曾經和北京某大學教授談過，中國最多抬得出《四庫全書》和詩詞歌賦，但現代文學方面一片空白，不要說和日本文學比較，臺灣文學已經早早踢你出窗口，還有最大分別是，日本尊重文化人，他們計稿費，文章是以每一個字計數，詩是每一行計數！要是以本人當年，每日一詩寫足十年，如果在日本，早就姬妾成羣，找建築師造個銅雀臺也可以啦。

換言之，日本作家的收入，百倍於香港作家和中國文人，中國口口聲聲以傳統文化為傲，但文化人歷代遭遇如何？現今的教育制度如何？有可能產生國際級的作家嗎？

日本歷史雖然只有區區幾百年，由源氏春秋到一四六七年的應仁元年開始，由細川勝元到往後的織田信長、豐臣秀吉、德川家康戰國時代，引申到今日的日本，當日歷史時光留下的戰略國策仍然影響現代日本的城市和大企業的管理模式！

柏楊先生在醜陋的中國人中，有幾句說話形容中國人和日本人的特性，他說，日本人和中國人單打獨鬥，隻揪，勝者是中國人，但十個中國人和五個日本人開打，輸家一定是中國人，因為中國人是一堆散沙！

日本人某些角度可能看來形式得可怕，但卻是一個值得敬畏的民族！

我所熟悉的日本之二：武士道與今日社團

有朋友問，武士是城主的護衛家奴嗎？

錯了，他們是第二級的家臣，忠君愛主，死而後已，而且除了武術和劍道之外，同樣要接受文化薰陶，否則護主的氣節從何而來，身負大諸侯城主保命之責，地位之重可想而之，雖然生與死繫於主公一念之間，但一旦成為武士，終身受惠。

其實日本反而比中國人，更深深接受中國傳統文化薰陶，主公至高無上思想，日本人做到十足真金，春秋戰國，到漢，唐的諸侯爭霸模式，日本人也抄到盡，包括諸侯家蓄養的死士，他們把死士的地位提昇為武士，君死臣辱，主公聲名受損，身為武士，拚命都要替主公找回公道，至死方休！

到了今時今日，當然無復武士年代，但日本的社團乜乜組，物物組，其實頗有舊日武士道的影子！

三年前，我透過北京名牌地產公司，往大阪洽購某間名牌國際酒店，我家娘子跳跳虎和女兒乖鼠同行，大阪接待我們的人員，也是名牌，不過是名牌社團，乜乜組，他們才是背後的老闆，因為酒店業主是他們的債仔，同一條街，起碼有一半大廈的業主，都是他們的債仔，死未？也看得出日本社團的財雄勢大，是真真正正的地下城主。

第二日去看其他大阪的物業，一出門口，起碼超過兩隊足球隊，全部黑西裝，黑領帶，個個韓星風采，冷酷而守禮，絕對是電影裏面，黑幫迎接大佬們的排場，無花無假，娘子跳跳虎悄悄地問我，做不成買賣會不會很大鑊，我答，算了，最多把女兒乖鼠留下做人質，過了十年八年儲夠錢再贖回來啦！

那時的感覺，真像回到日本的戰國時代，做了一次某某城主的貴賓，見識過武士道的排場，真棒！

我所熟悉的日本之三：遊大阪——銀座

去看大阪城和天守閣時，有雨，添加了一陣陣輕愁，想起日本歷史，這裏是豐臣秀吉先生家族的最後據點，雖然天守閣是A貨，但日本擅於保存和管理自己的文化遺產，相比之下，中國真是差得遠了，想起也一肚氣！

有兩個必看的地方沒時間看，一個是石山本能寺，一個是本願寺，是戰國最關鍵和令歷史愛好者如我，最感到悵然的地方。

中國歷史教科書也好，歷史小說也好，對著名的人物記載粗枝大葉，小說家九成是加糖加辣椒，不寫入三級情節已算有多少德行，最多勾劃出人物的輪廓，性格骨肉和其他似個人的細節，一概欠奉，電影電視的所謂歷史更離譜，小弟我做過長時期的職業編劇，何需替同行辯駁，確實應判老作罪成，鞭打三百。

日本這方面最傳神，他們的歷史小說家，一開始寫某個人物時，資料搜集很足夠，甚至到事發當場尋根，幾乎可以讓讀者看清楚每個人物的性格特點，生平際遇轉折，這是我喜歡閱讀日本歷史的原因！

相反看中國歷史，強如《資治通鑑》、赤壁之戰或有或無，搞足幾百年，時至今日，都不知道發生在何年何地，分分鐘是在香港宋王臺舊址左近！

至於劉備先生是織藤還是賣布鞋？是否手長過膝？不得而知，關二哥月下釋貂蟬，還是斬貂蟬，抑或靜雞雞收起貂蟬，恐怕是千古之謎。諸葛亮哥哥是否靚仔過林峯，有沒有和周瑜先生稍稍基情一段，也不得而知！

更佩服日本一點是他們民族的自發力，一個日本教授說，他們很接受中國的儒家的精彩文化，像《論語》，特別是，修身、齊家、治國、平天下。和禮、義、廉、恥。日本人起碼學足七八成，即使你老哥說不過是表面，他媽的，中國的地方民族何嘗不是表面，試試把上海人和北京人、蘇州人和杭州人放在兩間餐廳內，不打起來才奇怪！

日本雖則國細人少，但是平均可以做到修身和齊家，整個日本的城市和百姓都乾淨整齊，不必細說啦。至於治國，相信團結性方面，全世界都不會懷疑，定好了的方向，可能是一條死路嗎，小喇叭，死就死，頂硬上，例子之一，是第二次世界大戰，偷襲珍珠港，帶頭的大哥山本五十六，是美國的西點軍校的高材生，知道搞死美國佬，一定仆街，但no way，整體定下來的計劃，拚死也要執行！

至於平天下，日本時刻分秒都希望如此，雖然被美國叔叔兩個原子彈暫時打沉，好呀忍你，到日本有朝一天，自己可以製造核子彈，肯定一百幾十個擲叉死你，華盛頓、紐約、加州，看你還美不美。

我所熟悉的日本之四：靚人，靚景

日本的女權，其實始於第二次世界大戰之後，拜大煙斗麥克亞瑟將軍所賜，蓋之前的日本女性連投票的權力都沒有，長期拉著相公的衫尾做人，終於挨到翻身的機會來了。

日本佬雖然扮曬衰仔投降，但未至於亡國，好彩只是落入美國叔叔之手，否則換了主子是俄羅斯大賊，真不敢想像會慘成點。

投降對日本有喜無禍，可以把龐大的軍火費轉移，去搞城市建設，有理冇理，搞靚個殼再說，於是一座座現代美觀的大廈就是如此這般搞出來的，順便也帶活了全國的經濟！

全世界人都知道日本仔的學習和模仿力強到極點，他們的模仿學說有根有據，設賽車做例子，跟隨領先的車手，可以被他的氣流帶動成為第二的車手，再乘機殺出重圍，依照這種講法，好，於學習和全面徹徹底底，模仿由美國叔叔西方帶領的西方集團，小弟我可以聲大大告訴大家，這個方程式是有道理的，而且某方面是行得通的，有機會詳細談談。

於是日本戰後全面模仿西方，由生活方式、藝術文化、科學教育、運動和音樂，跟隨西方的路線，惟有固有的民族觀念，仍然是東方色彩，甚至是中國古代的傳統家庭觀念，非常顧家！

日本打工佬由上到下，一份工可能做到冚旗，所以他們供樓可能供到第二代，出糧幾乎成分人工交給老婆發落，此外還度橋過時補水揾外快，所以在正常的放工時間後，打死也不回家，不是不想，是不能或不敢，準時回家，等於話自己冇辦法，缺乏向上爬的窿路，所以寧可泡酒吧、泡女、打機、找男人狗公最愛的節目，所以成人娛樂之多，之創意，真是天下第一。

換言之，一切都是循環牽引，既然是全面西方化，生活西化奢華，追求物質名牌，代價是甚麼？撒蛋哥哥話齋，呢次你仲唔落水？

任何地方，任何城市，妳越是靚女，越容易落疊，於是在日本的所謂AV藝能界，超過二百間電影製作公司，各式各樣的狐狸都有，各位老哥想想，其中有多少靚女？

有一句古代名言，是說，城市中妓女越多，是經濟問題，而不是道德問題！

廢話，應該說，情色事業越旺盛，是因為物質追求，和生活享受而影響的，和貧富無關！

我所熟悉的日本之五

有個生意朋友的座右金句寫得真好：

成功是給那些有準備的人！

準備甚麼？磨拳擦掌，條件不合，格老子看你不順眼，先和你做場三岔口再說。

記得以前上京談買賣，跟京官上枱講數，你老兄千萬不要以為像港產電影或劇集裏面，那些只懂講金的貪官人棍，其實大多數的編劇都是跑不出麻雀枱和酒吧街的庸材，幾時有幸見過真正大陣仗的會議場面！

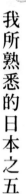

事實上不是如此的，很多京官除了認得銀兩，還懂得多方面看對手，不要以為穿得挺刮的名牌西裝，有三幾十億臭錢，就可以在會議中做一哥，錯啦，真正的一哥，穿條短褲T恤還是一哥。

平時多讀書，把層次基礎打穩些，陽光些，做人做生意永遠有用，我這次的對手是日本的上市公司，而且在某程度上，日本的集團公司，其實和戰國諸雄，城主沒有分別，精神和思維還保留大部分武士道情操！

曾經和日本人做過生意往來的朋友都知道，他們初次和你老兄交手，會盡量了解你很仔細，上一代前兩世，出身如何，外面的網絡，背景如何，差不多等於和外星人把你綁架上太空船，驗得清清楚楚，可以生意往來啦！

東京四月又雨

各位看官，初春初雨，東京也是一樣，日本人普遍穿得很整齊，而且是普遍的整齊，但如果各位大哥細心看看這種整齊，其實是很宏觀的，沒有顯出個人獨特貼身的剪裁，反映日本的國民性，沒有浮誇，只有大體。

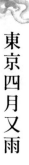

大哥我有段很長時期閱讀日本歷史和文化，由源氏春秋、戰國諸雄、織田信長、豐臣秀吉、上杉謙信，到德川幕府，很多朋友認為是唐朝時代影響日本至深，其實由中國春秋時代開始，真正影響日本的是中國的儒家文化，日本的城主、諸侯，以至旗主級的武士，一直由幼到大，都需要學習中國的儒家文化和思想，四書五經，尊師重道，禮、義、廉、恥，只有比中國人學得更像樣，修身、齊家、治國、平天下，各位看官，以為我們中國人可以學到幾成？

早些時讀過一部日本思想大師小室直樹的作品，他分析日本人的民族性，完全不懂邏輯，不懂幽默感，只認同已定的大方向，義無反顧，死而後矣，此之所以第二次大戰時，明知偷襲珍珠港和打中國，後果的嚴重性可能毀家滅族，照樣去打他媽的大戰！

柏楊先生有本很出色的著作：《醜陋的中國人》。

他說得真好，一個中國人和一個日本人隻揪，可能是中國人打贏，但十個中國人打五個日本人，勝的一方必然是日本人，因為他們知道五對筷子縛在一起的重要性，而中國人只記得每人都要靠一對筷子才可以吃飯。

不是長他人的志氣，中國儒家也好，歷史也好，都強調一個字的重要性：忍。

日本人學得很到家，而且在忍的過程空間，從來不會鬆弛自己，君子自強不息。

這正是日本人的可敬之處，也是可怕之處！

澳門篇之一：偶然晴空暮時雨

四、五十年代的秋天，澳門是街，一堆零亂但頗有味道的長短街，很多牛叔牛佬，就是指土生土長的葡國人下一代，外國人的面孔，加牛牛精精半鬼半中國人，贛居居的人皮燈籠性格，初到澳門還以為很難和他們相處，其實不然，甚至後來還有個牛仔做了我們的家人，爽直而健談，是層次很好的牛族。

初經澳門，還自以為是過客，大哥我那時是半落難的荷花大少爺，老爹是被解放軍打到死剩把口的將軍，很有信心把我們過三四個月，就可以回到廣州西關，繼續坐在海角紅樓，坐在私人的花艇，看煙火如揑碎的暖雪，聽半日安、廖俠懷、薛覺先，以及惟一喜歡的粵曲：夜看簾外雨，點滴到天明，哎喲喲，相思惟有病……

病還要唱？他媽的，少爺我如果是梁山伯哥哥，英台姐姐早就抱了BB回家，那會嫁給馬家那個豬頭大少？

去澳門只能靠輪渡，佛山和大來，送叉燒飯，兩三毫子的飯少爺我怎會食？

坐在靠窗的位置，旁邊的一大堆剛買的月餅，雙單黃，五仁，把月餅掰開，只吃中間的蛋黃，其餘往外海一拋，拆墜嗎？未必，可能益了下面的水族，海龍王一家，難得有名店的月餅送到，yammi yammi。

有次做夢，四海龍族冊封了本人做了名譽龍王，所以自此之後，不吃海鮮，特別是有鱗的魚類。

既然老爹說三、四個月可以回廣州老家，當然住得整齊乾淨，很近中央賭場，那時是輸得起也寸得起的時期，老爹雖然自稱為清官，清過泳池，但有次偷偷看過老媽千里迢迢帶來的幾個木桶，掀開一看，裏面全是金器，後來才知道，四五十年代，上環西環一幢三四層的房子，是三四萬元，可以買幾條大街，我早就是齊天大聖，胡作非為，強搶美女，一口氣開十間八間現代麗春院、聚春院、冬春樓，是最頂尖又懂得賺錢的花花太歲。

澳門篇之二：輸了幾條街的日子

先說一個小故事：七十年代大哥我是電視臺的職業編劇，閑來無事，也被編導老友邀請，做做大小的配角臨記，客串自己寫出來的角色，倒也過癮得很。

有次的角色是古裝的武俠劇集，是吾友古龍的《流星蝴蝶劍》，幫主是萬鵬王，演員是曹達華老兄，一次等開鏡，這位被稱為鐵漢的哥哥，是很隨和的演員，和我們閑聊，大哥我不客氣，問他一個傳得很熱的問題，是否一場豪賭，輸掉了全部的家當？

曹老兄說，其實的確三下五落二，輸了半副身家，但沒有市面上傳得輸去了那麼多。

回說五十年代，少爺我可是中央賭場的長客，但不是主角，主角是老媽，連老爹都不過是錦衣衛，在後面捧著銀兩，御賜黃馬褂雙眼花翎。

晚飯一過，賭場靜靜局的一層，那時老爹老媽在另一枱，望之不似賭仔的頑童我在另一枱，手中總有一把碎銀，甚麼都賭一手。

入門買二三角，所以最熟的是番攤，回家後把所有襯衫的鈕子都割下來，一把間尺，左手跟右手賭，輸了把手切了，贏了用膠紙駁回來，很容易，左右互搏，周伯通也不如我，最近有好兄弟稱我為周伯通，我說：周伯通連愛一個女人也拖泥帶水，算罷啦，而且稍後十年八載，左手球拍，右手寫詩，他懂甚麼？

這樣把賭場當家的日子，大概有兩個月，之後由荷蘭園的住宅，搬到了陳樂巷，落難大少爺正式被剩掉了雕花鏽金的服飾，開始另一段牛王仔的修行生涯，禍兮福所在，當年雖是由富貴街，一頭走進了窮家巷，人哥我可是終生受益，蓋以本人的性格，如果家有銀兩千萬，只怕非常臭寸撒賴，強搶民家靚女是不會的，燒銀紙煲綠豆湯，也不會如此死蠢，但恐怕小三小四，排到十四五都有可能，比胡雪巖老兄的十二釵，唐伯虎和韋小寶的八美，更勝兩三籌是肯定的。

但想深一層，做個沒人性的富家混混，錦衣玉食纏身縛性，還修個屁行？說不定遲早一日，被《水滸傳》的甚麼天星地星，一刀割下了頭顱。

（至於在賭枱輸了幾多個數字？不知，後來一個親人告訴我，大概可以在西環買幾條街。有時情緒不佳，倒也會發發神經，拍枱大叫，他媽的，蓋我雙手的尾指，都長過無名指的第三節，乃是賭霸之相，苦練四、五年賭術之道，說不定可以把澳門幾個賭場贏過來。）

希臘到杭州

（大哥我和家中的乖鼠女兒，是徹底反達爾文的進化論，所以本人深愛和外星人勾鈎的神話，某程度上，神話是傳說，是可能部分是真實的。）

各位老實頭的朋友，緣起是不可思議的，真是如來，彷彿來了，又彷彿走了，不留一丁點痕跡。

我是外星粉絲，深信釋迦和大批菩薩是外星人，否則根本講不出當時何其深奧，天文和物理的知識。

而當年在希臘奧林匹克山居住的諸神和謬司，自然也是外星來的超人類啦，高大威猛，但不等於刀槍不入，浪漫而喜歡靈慾浪漫，搞三搞四，在凡間留下很多手尾，有些傳說，他們是稱為泰坦族，早早教導地中海民族關於文化、物理、科學，甚至哲學和藝術，此之所以希臘人的文明很早就超越其他民族，各位老哥上網查查，包括雄霸中古歐洲的羅馬帝國，也是古代希臘地中海文明的延續，希臘是統稱，地理環境大得很，整個斯巴達的部落，民族都在內，歐洲人幾乎都算是他們的後裔。

各位對澳門一定不會陌生，雖然現在成了第二個大陸城市，但澳門某些建築是很歐洲的，葡萄牙的關係呀，希臘給我的感覺是很澳門的，碎石小街小巷，一下子陷入童年在澳門的回憶，何況娘子跳跳虎是道地的澳門人呀，那時還是虎住在街尾，獵人我住在街頭。

浪漫冇腦得個心的詩人時期，為甚麼喜歡寫關於希臘諸神的現代詩？不知道，也許幾個女神，雅典娜、維納斯和一眾繆司姐姐都很美味可口，多年前有部《木馬屠城記》，故事中，特洛城的王后激讚維納斯的美麗，被諸神中大哥宙斯的黃臉婆聽到，妒忌到爆燈，他媽的，搞死妳的國家，這就是故事的起源。

原來考古發現，特洛城是實有的，是否像吾友盲眼詩人荷馬作品所載，因一隻pK木馬而毀，也不得而知，兩年前有部由畢比特主演的《木馬屠城記》，拍得一團垃圾，十二年的戰爭，十日八日內完結，包括故事人物，男女主角的感情，

希臘人到現代仍然極聰明而古惑，澳洲有大批他們的移民，我在澳洲談生意時跟他們交過手，輸了幾個回合，又賺回一個緣分，可以到一個想像不到的神話之地，有段古怪浪漫的回憶。

有句關於希臘人的名言：當希臘人送你一份禮物，請小心。
當有個像木馬屠城裏面，那個叫海倫的女孩在你面前，那當然是非拐過來不可。

讀遍故宮一條街

剛讀完李碧華姐姐一篇寫北京禁宮的文章，舊日的殘照舊夢，哈哈，最好不要賦予太多感慨，往年往事，流水一灣，熱汗披面路過之時，蹲坐洗把面就算啦！

那一年在北京公幹，有個款待的高官，晨早拉我去看還未開放的禁宮，包括雍正老哥做四貝勒時的私家園邸，雍和宮！

其實本人一身俗骨，只曉得紙上風風雅雅，作作狀狀，要我冬天寒時去看甚麼故宮故井，他媽的，一陣酸宿氣，早兩年在希臘和銀行商量如何打家劫舍，一時衝動，去看了甚麼神殿之類，人山人海，站足了半日，全部是破破爛爛的神像，一個漂亮的謬司都沒有！回去時由奧林匹克的大哥宙斯罵起，發誓終有一日，捉盡諸神中的女孩，在大陸搞個奴隸市場。

正想推說昨晚大宴羣臣，宿醉未醒，老子不去，但這個大哥跟我幾月，早知道本人的心意，他說此宮不同彼宮，裏面很多古怪物品，凡間難見，本世紀絕不公開，云云！

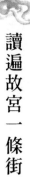

好啦，儘管前往看看，如是悶蛋厭煩，看得心頭火起，當下一通電話，重則炒你魷魚，輕則掌嘴數十，亦無須法辦！

雍正老兄原來亦是修佛中人，法號長春或短春，後宮常供養著一百幾十個密宗喇嘛，所以他的故宮雕有大批密宗菩薩或本尊，最看得本人內心一團火起者，是一批修雙身的菩薩塑像，這批雕像閑時是以布帷遮著下半身，本人到場，自是無遮無掩，果然是玲瓏浮凸，完全是大特寫的境界，所以一日公開，肯定萬人空巷，最可惜那時尚未有手機，否則偷偷地攝下一百幾十張，再變出為三、四十萬，每張售價百元左右，乖乖，肯定比畢卡索老哥，更容易舉手便得世間財。

而關於密宗的修雙身法門，本人也略知一二，有機會再向各位看官解釋，其實世事本來就法爾通明，今朝人物，永遠留待百年後憑吊，照片外的人物看照片，笑談可以，惆悵大可不必！

正是：

今朝一幅朦朧面，枉渡人間幾十秋！

休道舊事不堪記

（喜歡到泰國的朋友，寧願採路邊的花花草草，記得盡可能不飲水喉水，少吃生冷的海鮮或其他肉類，特別是醃蝦醃蟹、司堪、蚶、貝殼之類。）

記得有個百分之八十五真實的恐怖故事嗎？

八十年代有個傳播大亨，由某個亞洲城市公幹回來，可能喝了或吃了那邊的不乾淨食物，帶了三幾個蟲卵在肚，結果這些卵變了很陽光活躍的蟲蟲，在肚裏游呀游，學足了悟空馬騮哥的變身法，由三變六開始，千分之一秒就分身變一次，變呀變，變了千千萬萬，比量子理論更量子，終於把這個人的肚腩，變成了蟲蟲的本家，大亨翹了辮子，大部分的人相信是降頭，被害人是薄倖郎，他媽的，盜心者犯賤抵死。

本人也有個同樣的真實故事，發生在當年一個助手身上，助手是英國人，亞John.

這位老哥跟我到泰國布吉搞項目，他媽的，真是冤家遇上了冤家，千年的業障到此一朝了，認識了一個令他拋家棄子的鴨女郎，不知怎樣，食了其中一種不應落肚的東西，帶了幾條不生性的蟲卵在肚，結果和上述的大亨一樣，死在千千萬萬謀肚作反的蟲蟲手裏。

每次談起這件不愉快的舊事，一定跟娘子跳跳虎拍枱，這隻不是來自景陽崗的老虎，一口咬定是對方下了降頭，但是大哥我在整件事的過程，由頭跟到尾，John 哥哥沒一丁點被落降頭的嫌疑，他媽的，真的是落降頭，第一個應該是我，本人古靈精怪，神出鬼沒，甘受無言。

相反每次和我家娘子，在當地的食店咬飯，她總喜歡叫一大碟血淋淋的司堪，餐餐嚇得我滿頭大汗，暗裏叫了幾萬聲阿彌陀佛。

也許她是天上來的廚娘，本身也是一條會跳的大蟲，哪會怕區區的蟲蟲。

一衍湄南渡倫敦

很多朋友問：為甚麼感覺曼谷比香港更有西方氣息？

回歸前，香港是英國的屬土，尤其是六、七十年代，我們那時期是番書仔，聽歐西流行曲，週末開派對，以泡名校女生為幸，稍後是餐舞會，沉醉於狐步和圓舞的節奏，我家娘子昔日也是最好的舞伴，此外，悠長夏天和秋季，懶人又炎熱的假期，往半島喝下午茶，樓上走廊有樂團彈奏最有爵士味道的音樂，之後，再去劉伶吧聽葉德嫻姐姐，或極星夜總會，聽藍星姊妹唱最有味道的懷舊歌曲吧，再之後，乘坐纜車往山頂看未散的濃霧，有比這樣更西片愛情的橋段嗎？

一個有趣的比喻，以前的城市是一堆堆用夢想和童話吹起了的氣球，在城的上空，無根而飄，現在也是一堆堆，用廢氣和泥土味吹起的氣球，除了平平淡淡的生活，你還有甚麼共枕的夢嗎？

曼谷一直是可以塑造的城市，佛教影響整個城市的氣場，亞州有比這裏令你感受更柔和的地方嗎，包括海灘和陽光，倘若讓我耽一個短短的假期，肯定可以寫出一百個短篇！

很多外國朋友，都喜歡獃在曼谷，包括舊日公司裏兩個英國員工，我的助手，其中一個是我當年最好的朋友，他因為在這裏一段戀愛而患變形蟲病逝去，記得在病床邊緣，他對我說：此生無悔。曼谷是他最有家鄉感覺的地方，另一個喜歡長髮女孩的愛爾蘭人，常拖著女朋友（好在這個姐姐不像巴堤雅的喪屍。），跟我在酒店的大堂聽音樂，同樣他認為曼谷是一個沒有雨霧，和令他沒有風濕的倫敦。

又突然想起那部電影和那首歌曲：時光流逝。有甚麼歌手比自己在內心低唱更好聽？

請看沒有雨的臺北

早些年已經常來臺北，早些時總說起，這裏像一個看不清楚輪廓的母親，她在一千個早晨，和我一起執筆寫字，叮嚀怎樣用一封短短的信札，就可以描述在胸臆裏的四季，怎樣在一杯滿瀉的咖啡，舖上一個個故人沒有眼淚的面頰。

上次來的時候，六月中旬，有雨，走在黯然的長街，突然想起有一組組騎著單車，而雨散落肩膊的午後，那是最不喜歡回憶的歲月，但是只要在臺灣，只要這裏有雨，也有像落葉簌簌地搖曳的黃昏，那堆本來吹得很細很霧的故事又來了，帶了很多準備讓我可讀一個隆冬的小說，也順帶地讀讀中國人的鄉愁！

早些年也懷念書裏的上海，霞飛路，白俄人開的西餐廳，羅宋湯，在你和女孩面前拉奏的提琴，飄雪下張開一把油紙傘，這就孑然地歸去，真像劇場的片段，真像！

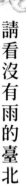

上海很久已經不再通往我的枕頭，那一道藍色的橋上走過啦。

彷彿還有另外一個母親，由我拖著她暖暖的手來這裏的，也許是在朦朧的萬聖節，也許是吃臘八粥的那天，也許是姊姊剛出嫁的早晨，嗩吶像伸長頸仰望故鄉的千羽鶴，響起聲音的中宵！

也許放下她的手就消失了，眾裏尋她，不在臺南臺中，不在基隆南港，更不在花蓮和宜蘭的石上灘上！

這個總是看不清楚她的輪廓和眼神的母親！

終於高雄又雨

香港現在是落單的城市，罵天固然無門，伸手無可攀的橫柱，大哥和娘子靜靜地走出去，高雄航班距離一個半小時，下望熟悉的地方，戰鬥仍未到黃昏，胸臆所思所念，真等於灰色的雲海。

初見高雄時，竟像上月到胡志明市，竟然又雨，同樣是頹舊的長街小巷，故人故友，不在城中也不是在霧中。

這裏一定有我喜歡，很濃膩肉香飯香的家店吧，臺灣和大江南北相比，後者迂迴萬轉，燈光闌珊如拍岸後的千濤，臺北臺南是提燈踏水，踢躂小河兩岸的女孩，高雄像甚麼？是一堆素衣百姓，在曙色徘徊，看著遠遠山澗，山邊的楓葉暫未紅透，這就齊齊等待一個撕開禮物包裝的季節。

臺北是仍未完全老去的祖母，有時睡入深時，總記得寫詩的資源，是來自祖母的叮嚀，叮嚀是不會乾涸的長河，一下網就網起千千個廚煙昇起的家園。

八十年代我還在北京大連，京華風采正盛，但有一個玲瓏的心結，老想著回去看看從未謀面，從未奉茶的祖母，一直到另一個年代，一揚手就喜歡在臺北的街頭，喝濃洌的烏龍，想想記憶中的朋友，瘂弦、覃子豪和周夢蝶，當然還有鄭愁予，洛夫的漂木，一直放在家中書架右邊，第一行第三本。

在臺北信義區街頭，數女生的走過，也是一個享受呀，和生意人談項目也是後半生玩得出色的遊戲，稍後在新北市的網球場上，我扮演最好的四分衞，可以及時捕捉綠色的網球。

一些妹妹說我是最奇怪的生意人，對呀，到了歲月以為已經磨盡磨傷了你的輪廓，你反而可以把季節從筋骨拉出，從頭髮的灰黑色拉出。我常對女兒乖鼠說，這就是終於笑到最後的原因，燈盞的燃油，是應該在曙光之前大量加進去的，譬如朝露。

臺灣，是年邁溫馨的祖母

每次到臺灣都有種難以言喻的感覺，彷彿是去探望年邁的祖母，她住的地區傳統，帶一點古舊，像將褪色的油畫，落寞和楓葉色彩的牆壁，和淡淡煙雲的黃昏，一揮手就看見她坐在露臺上，身邊那盤酒氣濃冽的龍舌蘭還存在呢，回姥姥家的味道真好！

很自然就想起有一段強悍的日子，是她用複雜而多語的文化教導我的，說我的詩不可以寫在平常的路上，我的小說應該是一面盆的雨水而不是淚水，戀愛可以轟烈如滾雷而不要讓它慢慢枯萎，那時，我真是一個聽話的男孩！

每次沿路回去，很多青葱的懷舊憶念，雖然沒去過亞里山，沒去過高雄和宜蘭，但總想乘一列熱鬧而班車浪遊一次，遠處有張惠妹的聲音，每次她唱海的時候，好像溫暖的浪就來了，捲著裏面一隻隻燃點著漁火的小船，還帶著海的腥味，泊了岸後，和我坐在碼頭的石椅上，靜聽臺北地下鐵的呼嘯，以及在書店內一頁頁把小說翻開的聲音。

每次都彷彿和祖母一起去一〇一，也許可以到信義區看場電影，仰飲整樽冷冷的分解茶，右手是下半生最願廝守的女人，左手是尚未知愁的姥姥，只要常在一起，彈指間就回到過去！

我喜歡一首下雨的臺灣歌曲，裏面說，夏天的雨，總令我想起很多的包袱，和我的舊夢堆在一起！

臺灣舊了，落寞如祖母入睡的時候，淺淺的眼淚，一直流向她的鬢角。

臺灣，依舊鄉情點點

看見臺灣的電視節目，親切的感覺悠然而生，臺灣在心臆中依舊憔悴，依舊孤獨，落寞到像一塊在山水畫上的殘墨，久久不能化開。

我不在臺灣誕生，但部分情懷是像一條長橋，和臺灣緊緊地相連著，讀彼方的文學作品，在彼方的詩刊寫詩，創世紀、藍星、現代詩，我大部分文化歲月，彷彿都是在臺灣某大學圖書館默默度過，一抬頭就看見千萬顆寂寂地和我一起讀詩的星座，由藍波、亞保里奈爾、梵樂希，到周夢蝶、洛夫、鄭愁予，還有白髮垂耳的李金髮，間接使我年輕時的季節混入香港的西方落日的餘韻，這種無以名之感覺，猶之不只七色的彩虹，猶之秋露，一生不想匆匆地抹去。

所以每次在臺灣，總是帶著一丁點惆悵回來，然後再度歸去，我寫得最深沉，時至今時今日，仍然繫在記憶深處的小說，像一篇墓誌銘：

有些老師說：太留戀過去，太多舊日情懷，可能影響修行了。

我說：老師是不是也有太多傷逝和傷感的回憶？

老師說：沒有，我從來是由多劫前的歲月就開始，站在恆河及腰的中央，想著：為甚麼一切眾生離不開貪、嗔、癡。

我說：老師這一方面不如我了，修行人也可以浪漫呀，逝去的形象如時來時去的霧雨，我們把愛過邀舞過，對飲和共夢一枕的昔日情懷都放入雨中，一萬年一萬劫，修行和禪坐，讓它們來吧，輕輕擁所有浪漫入懷，只要你傷感不再，因為以往都是無自性和畢竟空，你也許是最有人味的菩薩。

老師問：修行時你記得甚麼嗎？

我答：我記憶中有一堆難以放入風中的旋律，當我呼氣的時代，他們像一大羣頑童一樣笑著走出去，我吸氣的時候，他們會順序回來，或者走散了，我這就進入一個無以名之的境界去找尋，老師，你有過這樣的經驗嗎？

老師說：沒有，我多生以來都一直站在雲端，我不惹煩惱，它也不來惹我，你呢？

我答：我多生多世都惹煩惱，也不怕他們來惹我，老師你會入地獄嗎？

老師說：不會呀？你呢？

我說：會呀，我舊日的情懷在那裏，我舊日轟轟烈烈的戀愛在那裏，我想在那裏的境界再修行，然後回來，成嗎？

老師說：好呀！那麼我等你！

我說：老師，還是你進來吧，等我們都忘記有貪、嗔、癡這些字句，一丁點的戀愛，一丁點的浪漫，像釋迦老師一樣，我們都會是最好的菩薩。

忘川撫掌同敘

說說忘川

從懂寫詩的時候開始，就已經喜歡把忘川牽入我詩中的境界，忘川不是幽邃的峽道，不是終將流進江海的河川，忘川是一條淒寂的小河，黯然浪漫，沒有跟隨更鼓轉色，沒有兩岸的垂柳，楓葉也從來不會在這一帶落下，猶之隆冬的飄雪。

忘川是奈何橋下一道來去不明的深河，無須過問東去西飄了。

河水沒有藥味，入茶入湯都可以，飲一口便渾忘今世和匆匆來去的前世前生，愛過的人，殺戳過的恩怨，都淡然流逝，再來時沒有刻骨的記憶，俱往了。

你想尋覓曾經在胸臆，和你盤坐彈指歲月的傷痕嗎？問世間，共策一騎，飲馬千里的嬋娟，即使知道她音容枯萎，你找到的無非是一段說不出的痛楚。

這就請自沉在千尺之下，在河床的沙石上醒睡無間，又過千年，每一晚把這個祈願，一針一針縫在你的心臟旁邊，甦醒後，孤獨地進入這個有情世間，當你深愛過的嬋娟如同星宿，萬萬千千次的投胎入世，猶之推石上山的希臘諸神，這個在數不盡的銀河系的尋覓，永無終止。
這就是忘川。

我們決定不老

小朋友說，思想不會老，老的只是我們的身體！

你說對啦，所以〈心經〉裏說，無無明，亦無無明盡，煩擾我們思維，是不斷輾轉不息，你只好也不停地思索下去，生生世世，不受入世的煩惱所侵，所以你非年輕不可！

物理學家霍金先生，他的身體原已癱瘓不堪，但他的思想永遠是今日的我，打倒昨日的我，永遠去找時空對人的影響，由蟲洞的穿梭時空開始，到人是否可以回到過去，由宗教的天堂論，到他認為人的身體老死後，並非整個現世的個人靈體，繼續在下一世生長，決沒有這樣的事。

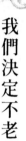

續得下去的，是我們思想裏的精華，可以不停地，不斷空下去，又不斷不常地累積下去，空是指不停地變動，讓新的變成舊的，昨日已然空去，但可以讓昨日的作用推動今日的思維，保持著思想上的不停，亦復不老，所以說無老死，亦無老死盡！

由愛因斯坦先生，到量子理論，到超弦理論，再回歸到佛家的原始理論，其實都在詮釋一個解碼！

人的思想永遠不老，老了又終於棄去的只是憔悴枯萎的身體，只有你自己可以讓思想老去，守舊傳統，和新的時空脫節。

只要你喜歡浪漫，一定可以浪漫下去，童真下去，不懂真正地去愛其他人嗎？去學習呀，他媽的，決沒有你想要就馬上到手的東西。

時間不夠？又錯了，時間不會老，你也不會老，即使下一生你變了一隻螞蟻，你也可以用觸鬚去戀愛，超爽！

問題是，你可以永遠保持年輕的思維嗎？

狐狸可愛

九十年代，我那時在北京和黑龍江插旗，時不時跟諸侯跑館看花，倒也寫意得很，明知道這是浮在水面上的交情，倒也似無形的槍桿子，在背後像支加農炮，有恃無忌，頗也盡情地，看過和交過不少漂亮的狐狸。

愛因斯坦公開講過，如果下一生有個要我回來的理由，一定是女人，雪萊老兄更直接，他說，詩篇是為漂亮的女人而存在的，否則城市只是一堆堆石頭而已！

北京女孩其實比得上早期的香港女孩，溫婉雅緻，冬天雪地，張開一把傘子，縛著一條飄逸的絲巾，耳邊有柔情如濃湯的懷舊歌曲，北京和香港又有何分別！

在哈爾濱耽過一段歲月，十月中旬就下雪了，大哥我常常坐入飯店的玻璃櫥窗，外面走過的女孩都有張冷紅了的面頰，會微笑的瞳孔，雖然豪邁豪氣，但隱約聯想起塞外馬上的巾幗，大哥我總是一杯咖啡，一個倩影，多情應笑我嗎？

有次跟一個住在三環的大居士談佛，他是畫家出身，畫盡羅漢和菩薩。

我問他：有畫過女孩的肖像嗎？

他帶我到另一個後院，看一幅幅女人的畫像，現代的，穿三點泳衣的，半裸，全裸都有，真好！

我說：老兄，你應該每個女人都加一條尾巴上去，那樣更可愛！

我們哈哈大笑，邀飲一杯熱茶，他媽的，這才是佛法！

不可不知，大凡英雄好漢，富商巨賈，自崛起到揚名立萬，如果沒有多少斤兩，根本不要說踏入梁山範圍，恐怕連賣身做個小頭目小嘍囉都不夠資格，所謂斤兩，是指你的貼身錦囊，在大陸，特別是在八、九十年代的剛開發時期，你越能喝，越可以廣結善緣，各路江湖寨主，十八省酋長，個個酒量驚人，沒有酒量，但有酒膽，好極，可以上路。

本人當年膽粗粗，騎著A貨赤兔馬，倒拖著十來斤重網球拍型號的斬狐刀，和幾個拿著匣子炮的隨從，就去了打天下的第一站，是四川成都。

巴蜀之國，因為一本《三國演義》而名聞天下，川人善飲、川妞善辣又是天下聞名，他們飲的是五糧液，初次入口，他媽的，又臭又酸又辣，三杯下肚，登時好像有條上昇極快的水喉管傳電上頭，那晚記錄是二十二杯，他們的酒杯雖然是窄身小酒杯，剛好是一至兩口一杯，而且主方肯定是車輪戰，寨主先飲為敬，跟著是二三路檔頭，大小頭目，道具雜工，司機打手，所以赴宴之前，最好先看看劉伶《酒譜》和

《孫子兵法》。

臺北作家高陽先生寫過，在古時中國省份，一個鬥酒的小故事，也是在四川綿陽市，鬥酒是用大海碗，一碗半斤，双方對飲，最快瞓低當然是輸家，大贏家可以封為當年度酒王，參賽者多是代表酒莊或釀酒業上陣的酒徒高手，一則為名，二則為利！

故事說有年是鬥酒之期，上年酒王因意外死得突然，只得一個不大懂得喝酒的兒子上馬，為保酒莊家聲，只有準備賠埋條命，但飲酒之道，十多碗半斤的烈酒，無借力之道，不准中途上厠扣喉，也不准事先咬幾塊芝士牛油之類，跪低就跪低，那如何是好？

還是老奶奶有計，被她捉到箇中關鍵，因為每一年的酒王只在決賽時和一路殺上來的高手對決，換言之是一次定生死，決勝之道，真功夫不夠，好，出險招，和對手飲急酒，鬥速度！結果當然是這個冒牌高手贏出，對方不慣這種快槍手飲酒方式，飲到十二碗時頂不順，終於首先仆低，贏家小兄弟，回家後不省人事三日三夜！

各位莫以為是小說家之言，本人曾經用這個偷雞式辦法，以日本清酒贏過本地一位頗有聲名的專家，而且是不止一次，證明未必行不通，但條件之一，是你要足夠的定力，而甚麼類型的人最有定力？告訴你，是運動員、修行者和讀書人，睇鹹濕雜誌者不在其內！

當年本人早知道有此一著，也不理自己是否酒筲箕，所以晚上開宴時，主人家敬酒後，本人主動出擊，先殺他媽的下馬之威，於是滿席皆驚，居然在以後在江湖走動之時，在這類的場面也可以全身而退，雖然之後嘔到九彩，總算搏回一身光彩！

本人的記錄，是連盡三十二杯茅台，之後可以行直線，沒有胡言亂語，也可以辨別不同價錢的果子狸，不過長時期如此，代價是甚麼，下次告訴各位！

飲馬中原到四川

緣分到時一百個手榴彈也炸不開，明明不是這條路上的行人，偏偏一個潮來，秋風送爽，輕輕易易就被送上另一個海灘，那年是八十年代，不窮不富，一介中不了狀元的書生，兩袖東北風，閑時節，一鼠一虎妻女相伴，天地容我，我也容天地。

曾經問過相學老師：甚麼是奇相奇命，奇相是不是很難看而且騎呢的面相？老師說：他媽的，依你說，天下間有一半醜人都是奇相啦？不是的，奇相也是很耐看，加上一條奇命，神仙也算不出來。

有個前輩朋友，在文化界很有地位，在現實人生也有地位，一個大國的經濟領事，他以中介人的身分，撮合和四川政府，做了一次飛機買賣的生意。

好教各位得知，這是真真正正的民航飛機，不是隨時可以打落的飛機。

四川政府當然不付中介費，但好話好說，問他有商家佬朋友來四川做大生意嗎？

這個前輩問我：想轉行做生意嗎？

當年大哥我還有發夢餘慶，何況吾友杜甫有兩句豪氣千丈的說話：安得廣廈千萬間，盡庇天下寒士亦歡顏。

他媽的，彼此都是詩人，理念相同，但要千萬間大廈，非賺其大錢不可，一個現代文人，最靠譜無非是拿下幾次諾貝爾文學獎，但不夠呀，只有做大生意一途，說不定路上可以交上些貪官污吏，汪洋大盜，稱兄道弟，混海撈鯨魚，〇喎。

秉且一套紅頂商人胡雪巖讀得爛熟，咦，又看看自己是否有這種奇逢偶遇，而且千萬間廣廈在香港也不適宜，有三幾百間招待好友，做個孟嘗君也過癮呀，或者私下留幾間，儲些小狐小虎小貓也不壞呀，登時眉飛色舞，大快人心，好呀，我去我去。

於是準備好商家佬的戲服，惡補銀行經濟祕笈，苦讀孫子兵法，如何在一年內變成特朗普，奸商速成法，諸如此類。

兩袖吹風，拉兵哄馬，找個催眠師朋友，先把大哥我催眠到霸王境界，恨天無柱，恨地無環，破斧沉他媽的舟，有去有回，第一次做大生意的地方，四川，天府之國，劉備做皇帝的地方，成都。

（相命老師那次吹水之後，臨走時送我一個信封，回去一看，白紙一張，整整齊齊四個字：奇人奇命。）

邀飲彈冠暫未暖

所謂大生意者，跟政治又有何異，與其說奸商，不如說做大買賣，迴腸百轉，一轉瞬又是一個念頭，要說古惑和奸狡，森林生存法，和城市上位謀略又有甚麼分別？大哥我不以為生意人要手段狠辣，相反，胸襟越廣，層面也越撐得越開，宅心仁善，只會替自己多留後路，恐怕大歸之時，閻王十兄弟也會排隊接你。

稍微和大陸官家商家交過手的兄弟，都知道飲酒是一種溝通藝術，他媽的層次分明，這是歷史傳統，席上千杯豪氣，牽來不只合同一疊，大哥我在用袖子抹鼻涕的時候，就非常嚮往這種杯來杯往，豪氣遍廳房的場景，奇怪，一二十年光景，豪氣與酒興共一色的氣氛，並未在記憶中磨滅，肝臟也居然沒有穿孔生蟲。

好歹在諸如此類的飲宴血戰經年，二十名利塵土面，四千里路臭茅台。

大哥我周圍旁邊儘多好酒之徒，即使是我家女兒乖鼠也是一頭被奶粉和紅酒餵大的豪鼠，但中國的土酒嗎？乖乖，沒有幾個可以頂得住，何況大哥我，自小一不胡搞，二不亂飲，他媽的，曠古迄今，只有一個寫詩的人不煙不酒，非本人其誰？

緣來命到推不開，本人不喜喝酒，但際遇來到，不但要上了名利之船，明知傷身之水，焚軀之油，也非喝不可。

我在讀《三國演義》時，才知道四川有個地方叫成都，三國時代劉備在成都做了蜀漢皇帝，可惜這老小子也是捧不起來，登位第一年，就中了結拜兄弟時的口卦，命中注定也好，因果也好，總之要唸清楚才好發誓，有得還才好借，話之你是否俾錢中介。

向自己的親家東吳報復，火燒連營七百里，累死何止幾十條村的兄弟，稀呢巴啦，每次重讀到這個段落，總是拍床而起，他媽的，這個皇帝真死蠢。

一時又想到四川有很多好地方呀，白帝城、巫山三峽、峨眉山、九寨溝，更過癮是有個閻王兄弟的陽間別院，酆都城，說不定可以在那裏哥兒兄弟開宴敘敘，也去三峽女媧娘娘那裏，借幾頭九尾一尾狐狸過來陪坐，十九摸也唱得下去，乖乖，好到呱呱叫。

果不其然，在成都時期，上了人生重要的一課，徹底學懂飲酒的藝術，喝得多，能分辨醇酒厚薄之別，不醉，不劏一羣白鶴，這些都不是藝術。

喝得在老年沒有後遺症，不至死翹翹，有十個八個因為喝酒，啤酒、洋酒、土炮，在十多年前不告而別的好友，時不時也報夢給大哥我，帶兩三箱好酒去墳前見面。

喝得放，醉中仍帶十足清醒，明白甚麼是一醉解千愁的境界，又交到難遇到的好朋友，這才是藝術。

慷當以慨，去日何多

可能武俠小說自小看得太多，由我是山人，到柳殘陽，到古龍和金庸，自然而然，很佩服能飲而不醉的俠客，幾十年光景，很多朋友是暢死在醇或不醇的酒水中，包括以前操水放我一馬，入泳池游霸王水的救生員，大學時明明是健美先生的同學，等等等。

所以到了我轉了身，成為黑頂商人，他媽的，真的是向大俠模仿，看看是否有千杯方倒的能耐，近二十年的饒人歲，策騎長城內外，只怕不止千杯，雖然大陸的洗塵場面，是一個小而窄身的酒杯，不是飲慣五糧液和茅台的酒友，恐怕六、七杯之後，已然分不出自己帶來的小三小四。

也忘記是哪個損友王八蛋告訴大哥我，飲酒面紅是酒精蒸發得快呀，我可是一滴酒就面紅過久，誇啦啦，豈不是已經有喬峯的境界，所以生意路途迢迢，有幾年真是曹操持槊高歌的環節，倒也交了不少朋友，包括把三四千人仔一樽的半打紅酒，和不溝鮮奶的忌廉可樂倒入酒桶，痛飲果子狸的官二代。

大陸之大，豈無好官，第一個認識的好人好官在北京，從三品，北京天子腳下，三品官等於正二品，排場擺開，外面的三品只怕靠邊站。

大哥我第二三個項目在北京三環路，中介人是外交部大員，所以有陣子是在裏面開會，他媽的，那年代，內地外交部發佈新聞的枱椅，娘子跳跳虎也做A貨的主播。

這個好官和我同姓，一手好書法，知道大哥我也是文人底子，談得投緣入路。

別以為商人不必有書卷味道，大錯特錯，其實每個人的心底，都尊重自己國家的文化，於是在洗塵或洗面宴上，都是一杯清一杯，居然比古惑的貓更清醒，兼且這位大官兄弟，專程帶車隊在天津迎接，一路上鳴笛趕閑，這種小說上的鳴鑼出路場面，第一次遇上，當然也不止一次。

酒過五巡，居然太平無事，清清楚楚知道娘子跳跳虎是隨身侍衛，在席中甚麼人是大花臉，甚麼人是是唱鬚生或花旦，日後自己要唱三岔口或空城計，甚至是拾玉鐲，總之隨緣，朝花夕拾也可能朝尿夕放，是另一個故事。

事後細心數數，起碼喝了二十杯過外，傾談途中沒有斷片，這位兄弟要送我一幅字畫，他是蘇東坡的粉絲，我是蘇居士和那條膶腸佛印的捧場客，他那首〈赤壁賦〉，經常被我拆皮拆骨，尋字摘句，放入我的現代詩中，〇嗝。
稍後回港，行囊裏多了一幅入框書畫，正是「大江東去」。

運氣有時終須有

有些從來不相信運氣的朋友，你可以說他固執，但不信就是不信，他認為有才能可以創造事業，最起碼可以管好自己的行為，曾經媽媽聲罵他，我說，運氣和才能是兩碼子的事，麻雀皇后和賭棍，也要靠運氣，吾友拿破崙先生，區區一個炮兵團的兵仔，沒有法國大革命末期帶給他的際遇，他自己也承認剛好拉到運氣的衫腳，另一個是希特拉先生，一個潦倒的奧地利下等兵，運氣剛剛和他站在觀眾臺，成了大人物。

但運氣不是可以和任何人，玩家家酒的朋友，要走就走，你老兄靚仔秉有驚天之才又如何，請看看上述兩位先生，尤其是拿破崙先生，餘生在孤島上，如果換了是我，不可能又捱過五年，五天或者可以，第六天肯定自殺。

吾友康子先生說：二十歲不相信運氣，還可以勉強接受，後生年月猛如虎，鬼看到你也走得快好世界，三十歲仍不信運氣，你是一時莽撞靠撞，盲貓遇到飲醉了的肥老鼠，四十歲後仍然不信嗎？兄弟，你內外都有問題，分分鐘在中環行街街，也會被火車撞死。

跟相學老師，乖徒弟時期問過老師，運來運去之時如何接受，如何閃人？是不是多做善事，放人一馬？抑或壞運來時，在長洲或錦田八鄉，租間屋仔，娶個妹妹仔，清茶淡飯，跑跑沙灘，去茶樓，一盅五件，一切低調，有人摑你老哥的右面，左邊面也好聲好氣讓他順手一巴，加隻乒乓波板，唔該等等。

老師飲杯九千元一斤的普洱茶，看我一眼，也許覺得這個徒弟好很乖乖，可教，叫大哥我到身邊，垂下頭，靜雞雞，說：起修。

大哥我當時一把火，起修？這是一句風涼話。

可能老師看出這個徒弟不同其他凡人，自己分分鐘有殺身之禍，加多句：起修不同彼修。

起身，拍拍大哥我的頭，拉拉耳仔，乃是下午茶時間的約會，菩提祖師收馬騮精，後園三更教法。

如此生涯如此夢

吾友量子物理學家，薛丁格老爺（Schrödinger）有個很有名的例子，不但詮釋複雜離奇的量子理論，也是點醒以為因果報應是簡單直接的人間有情，世事恩怨情仇，四季其實並不分明，每位仁兄仁姊的際遇，視人視物，豈是一層薄紗？

這個被稱為薛丁格之貓（Schrodinger's cat）的實驗，是把一頭活生生的貓，和一堆複雜的元素放入同一個箱內，封起來，如果時機剛剛碰到啱啱，元素就可能觸媒而衍生有毒的氣體，殺死這隻可憐兮兮的貓，但亦可能無事發生，這隻矇查查的笨貓，依然活得生猛過癮，一日未把箱子開封，也永遠不知貓的死活，各位聰明的兄弟妹妹，會聯想起甚麼嗎？

沒有固定，或一加一等於二的古老傳統死翹翹的推理因果報應，牛頓的古典力學理論，甚麼乙太宇宙氣場，甚麼聖賢的金科玉律，早就是百年前曾經偶然出現過的虹彩，俾俾面，也只能是食碗牛雜粉，魚蛋米時加上去的辣椒油而已。

因為只要是出於人類的事物良言，一定不實在，他媽的，沒有今日的我，只有永遠在超越中的時空四季，要追逐了解其中一粒塵的變化嗎？好呀，等發明時光穿梭機，找得出蟲洞在甚麼地方再說。

我們都是爛學生

先說一個小故事：亞歷山大大帝在少年出征插旗時，途中遇到一個攔路粉腸，可能是某類先知之類，說他如果要知道將來的插旗遭遇？某地有一堆九成是外星人先生留下來的繩結，請大帝少爺先動腦解開。

這位比項羽先生還霸氣得多的牛王仔，找到這堆外星蘇州屎，想都懶想，拔劍把這堆像脆麻花的繩結斬成豉椒排骨。

牛王大帝三十三歲走得早，有人說可惜，但亞里士多德先生，以哲學家，又是預言家，術數師的身分說：錯了，是他自願走人。

其實人生宇宙，都離不開一盤數，決不是爛數，而是算不準就不合格，不合格就請乖乖地回來入世再計再算，你以為像逃禪的情僧逃到三十三天以外嗎？好難啦，你另外一顆心其實是平安鐘、計時器，不是像馬騮悟空的金鋼箍，而是慘過一百隻狐狸的嗲聲嗲氣，不回來就是不成，好好歹歹，四四六六請拆掂佢，否則成甚麼佛，教主，真神菩薩，亞拉天使都沒有用。

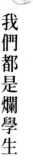

再說幾百年，鬼谷子先生、李耳先生、劉伯溫先生、諾查丹瑪斯，甚麼推背圖，四行預言詩，都是六、七成似是而非的數學推算，最勁的數算奇才還未出現，如果他們的詩是預言詩，大哥我的詩，天馬行空，豈不更利害？所以已經準備出本又圖又相的現代詩，送給各位兄弟妹妹，看看在詩裏能否找到萬年的預言神算，放心，詩集插圖非常乾淨，保證放得上公立圖書館。

我一個術數朋友說：所有玄學命理風水，全部是數學。

對啦，老師也說過，一張面一個身體，行臥坐立，就是一個數目，構造我們的色身，基因的原子細胞，沒有數可以嗎？

不過都是有為法的數，最高不過四、五次元空間。

印度數學奇才，拉馬努金先生（Srinivasa Ramanujan）是十八世紀末期，可以在英國三一學院，和數學大師，哈代先生、希伯特先生平起平坐的窮小子，他的函數結算式，可以啟發物理學伸展到二十六次元，實際推算到十次元。

超自然其實是自然，包括人間的所有恩怨情仇，離奇不堪的緣起際遇，都是一盤物理術數，有何稀奇古怪？

努金先生說，所有這些算式，都是一個女神在我的腦海向我顯現出來的，女神的名字是：Namakkal。

我們都是學生，我們很懶很死蠢，只希望越來越精乖伶俐。

甚麼是能量場？

場論是物理學的名詞，等於佛家的名相。

原子，質子，電子，玻色子，以至分解到最後，勉強可以量出來的夸克（quark），就是量子，這一堆舂舂子子，都有正面的能量和物質，最少的夸克，它有反物質的能量，所謂反物質，是指物質上的電荷完全不同，正反電荷一相遇，會令物質同時消失。

常看科幻電影，老年的我穿梭時空，遇到少年的我，其實是不可能的，正反電荷在同時相遇，會一起消滅，快過打針。

我們不可能以一粒粒形容這些乜子物子，用一畝畝，一束束也勉強，用場論去形容，可以詮釋場內還包括其他衍生的物質，我們身體的細胞結構是原子，之內還包括了最少的夸克，也就是說一定有反物質，不同電荷的夸克，最近有物理學家說反物質的夸克，其實就是我們的靈魂，鬼。

吾友愛因斯坦先生的廣義相對論，能量×光速＝質量，同樣質量×光速＝能量，即使不在光速而是在速度影響之下，也會產生能量，所以作為體內的小宇宙，也會產生能量。

思維、運動、意識，都會在速度影響產生力場，亦即是能量場，速度？不要忘記地球長久在自轉中，每秒速度是零點四六公里。

世間人的任何作業，會產生對等的能量場，此之所以，運動家，修行人，藝術家、作家、專業人士，他們的心態思維都比較一般人年輕，能量本無所謂正負，也不是經過加持，或是移植，更不是可以在別人旁邊吸過來，是你老兄自己增值，營做出來的。

我的人生蟲洞

由東京到曼谷，真是彈指的傾刻，可能比穿越銀河系的蟲洞更無風浪。有朋友對蟲洞搞不清楚，是甚麼煎蛋加甚麼糯米雞？其實這個洞洞到現在僅是物理學家和科幻電影的名詞，暫時只有迪士尼的卡通人物走來走去，在我妳女兒的夢境出沒而已，沒有可以達到光速的飛行器，蟲洞永遠是吾友愛因斯坦手上的魔術盒子！

蟲洞的解釋很簡單，把所有星系比喻為一疊厚厚的報紙，在最上那一層，由中央面到底用長針穿透，那個針孔就是蟲洞，藉著這個洞，你老哥可以輕易去任何一個層面的星系，不過除非有另一個空間的人類製造出蟲洞，否則有了光速都沒用，蟲洞和光速，是打死不離的兄弟！

而塵世中的蟲洞，大哥我在九十年已然開始，今日四川，明日希臘，晨早哈爾濱，幾天後傍晚到澳洲，穿來穿去，有個浪漫的情懷在身，很多年都是樂此不疲，到黃昏之年，又多了幾個以前沒有的蟲洞。

若是問大哥我，在蟲洞找到甚麼？或者是在經過黑洞時是否看過一艘曰名，另一艘曰利的船隻，答覆是：看見過啦，而且揮過手打招呼了，但從沒有人上過這兩艘船呀，名與利，永遠是你小學雞時幻想的紙船，搞不好還帶給兄弟你，一大堆可怕的妄想後遺症。

每個人都在追尋不易摸到的東西，名與利，大部分人費盡一生歲月，像希臘神話裏推石上山的薛西弗斯，永遠重複同一動作，不悟不悔，名與利不外是一塊石頭！

可惜的是，不是你老哥去找名和利，只有這塊石頭可以找你。

其實最易捕捉，而且生生不朽的，是：智慧，讀些好書，何其容易！

說來肉麻，聽得毛管都不自在，但想落之下，各位認為對嗎？

跨越生與死的邊界

對於生死仍然迷迷茫茫的兄弟妹妹來說，生之與死，同樣永遠不可思議，很多自信精乖的人類，對於深信鬼神靈界的朋友，斥之為迷信之徒，特別是儒家份子，動不動就祭出聖賢打手的說話：怪力亂神子不語之類。

相反，這些只有小強胸襟的醬蟲，才應了他們祖師爺的祠堂標語：夏蟲不可語冰。

早幾十年前，曾經和電臺的高層總監，博士級的儒家份子，談到鬼神之道，這位哥哥也出了大名，和廁所後面一塊硬石板的威哥哥同一個模子，他們的立論是：如果真有鬼神，請找出來站在我的面前。

最後一分鐘，抝到我和這條醬蟲，面色由黃轉紅，由紅翻黑，轉青兼有殺氣，那時本人擁有空手空腳道黑帶兩段，絕對有信心把他劈成兩截，好讓他下去見見孔老二老三，擔保這堆在下面轉飲八二年紅酒，欣賞鋼管舞的古代名人，大概已經轉了口風：

怪力豈會亂神，子可語。

那次沒有把這條醬蟲踢開兩截，後遺症是節目換了編劇，他媽的，還鼓勵大哥我下去找閻王兄弟投訴。

只是前幾年醬蟲大歸，大哥我靈前上香，喃喃致語：他媽的，有種過兩晚來找我，順便道個歉，不來也沒有問題，一通手電，叫下面的兄弟取消你所有的清明和農曆七月假期。

同樣是去年，有個儒家教授來演講，哄我到場湊腳，早一日接風洗塵，靜雞雞帶了女兒乖鼠的紅酒，酒過七巡，又談起鬼神之道，幾乎翻枱，本人這次學了乖，說：儒家派中，你可是大阿哥，但你知現在的宇宙，發現了多少維度嗎？

大哥我早前買了套間接朋友的作品，是甚麼健康真相之類，讀到其中一節是說，地球之外根本沒有外星人。

第一時間，叫菲姐順手扔落垃圾桶，請娘子跳跳虎以後不要買這個小強一族的所謂作品。

美國佬好歹有幾個大作家，把胸襟之道說得很中肯：

不能容納自己所不知道的知識和事物，這種人豈能論生之與死。（馬克吐溫）

對鬼神不起敬畏或恐懼，或懷疑，等於沒有在世上生存過。（愛倫坡）

我喜歡撰寫恐怖小說，是因為確信周圍，還存在很多捉摸不到的世界。（史蒂芬金）

人情練達，不如世事通明

世上有一種比聲音更可怕的東西，在壓力榜上位列第一，就是箴言金句，蓋任何好聽勵志的說話，如果每日每晚，在你老兄的眼前顯現，一連十二個月，無論是whatsapp、wechat、群組、老友八卦吹水站，遲早迫你殺入青山，或大口環。

因為所有人的叛逆時期，有大半是被這種老爹老娘的勸諫鴻文和救世聲音造出來的。

人類的基因大概都有這種蠻牛組織，到了黃昏暮年，自然而然地，就會施諸下一代兒女的身上，永遠學不懂父子之間不責善的道理，太多父母兒女，老死不相往來的例子，早些年，大哥在醫院看幾個有錢有面，有保鏢的老友同學，捉著我的手問：報應嗎？

大哥我虎目含淚：下世學得乖些。

時不時有些大媽大嬸，和我家中娘子抱頭痛哭，請這隻屬虎的娘子，指導如何和兒女相處，大哥我在旁邊輕飄飄說：現在學也不遲呀，能夠和變了天的馬騮仔，能好好相處一天就是一天。

真真正正的箴言金句，一句起，兩句止就夠了，南老師只有一言半語，已經說盡了世道人心：做人學佛，應該謙虛到極點。

很多佛門中人，總是把世上的惡緣善緣，歸納到多生業力，他媽的，那何必去學有宗和空宗？特別是中觀，祖師爺龍樹菩薩在外國的江湖地位，不單是宗教，而且是教育家和邏輯大師，他也只有一句人生提示：世世不忘學習。

其實大多數的人類，越老越變成了無賴，任何階層行業都是一樣，特別是政治人物。

中學牛王頭時期，中文老師一課：孟子見梁惠王。

大哥我笑到肚痛，老師一掌拍爛課室黑板。

我說：這位粉腸哥哥，勸一條喜歡食人肉放題的人棍，轉成吃醫院的衛生午餐，真是死蠢。

此之儒家永遠是愚家，我常常對一個超級儒粉的朋友說：他媽的，你把儒家的禮義廉恥，不要說普及啦，只要有三兩個國家認同有這種國民水準，我向你當眾叩頭。

但是大哥學得越來越乖，娘子跳跳虎一向是偶像啦，女兒乖鼠是混水天王菩薩大師兄，兼有個正義護法在旁邊，連菲姐也是全家的淨壇使者，哈你老友，大哥我的地位最低，就算和網友朋友飯敘，本人也畢恭畢敬，用濕紙巾先抹淨耳朵眼角，學習做個聆聽者。

而且入夜之後，西班牙足球開播之前，大哥我總是在走廊周圍拜拜，合什為禮，稍後誦經迴向各位兄弟，請賞面扶持則個，下世倘若有緣，請做大哥的選舉團員，再來謀朝篡位。

追尋的是一場空？

答覆一個好朋友的問題，他問我的是最古老、原始，和遠古外星人，奧林匹克的希臘諸神同步的問題：人生是甚麼？

最樣板肉麻兮兮的答案，其實早放在小學雞的壁報牆上，當然是校長先生，和打學生屁股非常合理的訓導主任　致通過的答案：人生是不斷追求呀。

好呀，於是放諸八大洲，五大洋皆準，追名追利，追狐追任何追不到的東西，其實萬般世事色相猶如年初二的煙花，追得到，減肥一定落紅棗，於是大師高僧，聖賢大教授，耶和華和菩薩的代言人又說：人生都是一場空。

真是屁話如維多利亞海的海水，怪不得女兒乖鼠去年第一次游維港賽，賽後她告訴我：老爹，我下水第一個想法，是希望立即上水，因為水又濁又冷，又臭。

當然她還是繼續游到彼岸，為甚麼？

大哥我答好朋友：人生是一個學習課程呀，永遠學習一生一生在超越自己的課程呀。

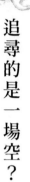

說人生是一個學習過程，也是我的師兄，乖鼠女兒說的，證明她的智慧比我高，我在後來讀中觀的時候才知道，真正懂得甚麼是空的時候，才會知道，認為追尋甚麼都是一場空的人，他媽的，不過是一堆渾蛋。

所以我對操水的小朋友兄弟妹妹，是由衷欣賞，他們小哥小妹，一直操到變老兄老姐，沒有想過要追甚麼名次金牌呀，也沒有刻意做作呀，佛家一句形容，說修行最高的層次，是無色無相：任運。

在日常生活中自然起修，是最卓越的修行方式，修正自己在人生的生活態度，不是學習是甚麼？你老兄老姐可以下也不回來嗎？我切。

追尋甚麼都可以呀，牛王頭時候喜歡打羣交，逃學，離家出走，亂搞狗仔貓仔之戀，和校長老師對著幹，可以呀，當年我的家收容最多這些古怪迷茫的小兔小狐，放學也好，逃學也好，被老爹老媽大棒打出也好，總是逃到我家，坐在客廳的地氈上吸菸，喝啤酒。

好生教各位兄弟妹妹得知，她們此時此刻活得非常陽光耀眼，每次大家碰面，舉杯邀飲，如在東去的大江岸邊，笑談中的舊事，絕不如夢如幻，仍然輕鬆地放在第一個書架上，那年的歲月星塵，像奪寶奇兵，約櫃中的輕沙微石，只有膽敢追尋自己想像中的良辰美景，艱辛際遇的人，才看得見飄出來的，是高層次的華嚴景象。

我害怕聖賢

不瞞各位兄臺姐妹，自有聖賢這種尊貴的系列人等以來，我在小學時代，早就不喜歡這班非人，當然在他們眼中，我只不過是一隻離經叛道的小老鼠而已，無所謂了，等到本人大歸，到了另一個空間，有機會在別的場所看見他們，拔光他們的鬍子，空郵十條八條給好朋友看看！

一個朋友問我，蘇東坡先生和韓愈先生算不算儒家，韓先生可公認是理學界的大儒呀！

我說，文化界的創作份子，不是一般的儒家，不同於抱殘守缺豆腐裏面的儒家，《射雕英雄傳》的黃老邪，也是學識廣博的文化人，所以才有本錢看不起臭腐儒呀，你提出韓愈先生，好得很，他其實是大修行人，佛法比當時任何佛家中人都通透，所以他向唐憲宗提出諫迎佛骨，以形而下的俗世儀式，去尊崇形以上的佛法，根本就不是佛法！

這種講法，不要說在那年代，就是今時今日，不被所謂佛門中人下全球通緝令買起你才怪！

某個角度來看，韓愈先生其實都是離經叛道，否則他被放逐潮州的時候，不但放縱交遊，又搞甚麼鱷大會，寫篇文章叫喜歡食人的鱷魚自我放逐，正常的人會做嗎？不如各位朋友，夜深時分去新界圍村吹吹口哨，遇上對你由頭望到腳的狗羣，請你唸幾首李白杜甫，甚至莎士比亞的詩篇給牠們聽聽，效果好得很哪！

韓愈先生反佛嗎？當然不是，他在潮州時期的好朋友，是一個綽號大癲的和尚，這位仁兄也不是普通僧人，和蘇東坡身邊的朋友佛印，以及濟公先生一樣，他們全是深知佛法，而被世俗的凡僧渾人，視他們為癲佬！

有料有大學問的人，才有膽量和胸襟離經叛道，我行我素，不為世間框框所束縛，更不會放蕩形骸，流於粗俗仆街，自然更不是爛佬行徑！

各位兄弟姐妹，有這個膽子嗎？

生意人的酒色財氣

講到做生意，特別是大生意，離不開酒色財氣，而財字有兩解，一個是有腳會行會走的財，另一個是才具的才，你大哥的才能性格，早已肯定你食茶飯食得多大，換言之，你的胸襟氣度，代表你的命途國界！

酒量不好？可以惡補，早年初上四川成都，領教過當地人待客形式，你老哥沒有斤半五糧液的胃納，最好粗粗地，在香港乖乖打份工算了，喜愛夜蒲的酒量，上得到大陸枱面，真是小兒科，廣東省的城市還好，本人在成都、哈爾濱、瀋陽、北京、大連猷過，他們敬你不是用小杯，是用高身水杯，起碼大半杯，即是四兩，不容你推，推也推不了！

色字反而是其次，以前讀高陽先生的小說，特別是紅頂商人胡雪巖，裏面描述的生意場合，飛箋名牌亞姑伴席，鶯聲燕語，真得不能再真，現時在大陸少見了，上夜總會或卡拉ＯＫ是下集內容，講色字當頭，無論如何也不能和泰國或臺灣七八十年代相比！在這方面，香港生意人是強項！蓋殖民地時代的香港人，真遺傳了西方浪漫溝女言情的手段，集中西文化的情人風采，大陸人最多只是第五、六班馬水準！

至於財或才，各位大哥不遠千里而來，不外是求財，但是你大哥肚裏除了一堆數目字之外，最好多些文化智識，由九十年代到如今，大陸有頭有面跟你談大生意的仁兄，絕非你在香港中小商場看到拖著小型坦克車的蟲蟲，所以我常常提醒夢想一朝發達，兩三年內賺十億八億人仔的小朋友，當今之世，全世界生意的最大戰場，一定還是在大陸，你小弟想入去較量嗎？好呀，多讀些中國文化再說，做生意要講文化？有搞錯嗎？請相信我，做得成生意不一定在會議室，你的生意對手，跟你笑談人生風月，閑話家常，可能已經是成敗關鍵！

氣是甚麼？當然是指氣度，是從生活態度，專業智識，一點一滴累積的氣派，開會講數時，不必把驚堂木一拍，在座的生意佬已服了你一半，禿頭大肚腩，酒色過度的中年肥佬可以嗎？

好啦，準備闖蕩江湖，揚名立萬，上大陸插旗的小朋友，這就請動身吧！

江南今日豈無俊彥？

大陸遊客雖然每多臭名壞行，遍及全世界，但一船豈可載盡一城人，江南多俊彥，即使天子腳下的北京，較北的大連、哈爾濱、黑龍江，何嘗沒有行止斯文的君子？早年本人在大陸做買賣，後期在蘇杭遊山賞狐，經常和杭州的大學生打網球，閑時吹水咬飯，不錯呀，有板有眼，很夠陽光海灘氣息，比香港的大學生更有境界，單是活力方面已經比下去，所以，人頭擔保，蝗蟲也者，不過是一部分的中國人而已！

香港佬亦不必自欺欺人，本人在最多港人常去的泰國，耽了幾十年，看盡有些港客的粗鄙行為，爛仔口面，衣著低痞，見過有些表面美少女的遊客在五星級酒店內，為一杯水，罵得餐廳的待應部長狗血淋頭，丟盡香港人的面子，我們在旁邊尷尬到不認是香港人，想到如果在飛機上遇到這些賤人，找個機會淋杯咖啡下去，反正隨行有兩個罵人可以罵得很盡的女友，好男不與女鬥，由女人出口最好！

有位認識好在不深的香港朋友，去曼谷之前，下跪叩頭，問本人浴室資料，有甚名花名狐，經本人耳提面命，於是到得泰國，找到本人介紹，一朵名花一隻名狐，這臭小子孤寒透頂，明明搞得人家一夜之間變成殘花病狐，就是一毛不拔，做條淫蟲，也丟了香港男人狗賊的面子！

而且大陸也不是逢官必貪，你老哥稍微肯讀讀似樣的歷史書籍或小說，自然知道中國幾千年以來的收錢傳統文化，反貪的難度難到甚麼程度，不要像摸象者言，摸到象的pat pat就以為是一隻象。

十幾廿年認識過的大官，由一、二品的市長省長，三、四品以下的縣長、書記、區長還少得去哪裏，大多數人情味和文化水準都入型入格，印象最深的是在廣西某市，和副市長應酬見面，這位未入中年的仁兄穿著絲絨上衣，配窄腳牛仔褲，可以英語交流，死未？如此也看到中國官場中人，也不盡是各位哥哥想像中的大花面！

在上海，青海，南京也有幾位留學法國的市長朋友，也有幾個常去非洲，英語流利的農業官員，最搞笑是他們教曉了非洲佬打廣東麻雀！

有一次本人在北京過年，單身一個人，淒淒慘慘戚戚，卻想不到大年初一，有位在澳洲時認識的的國務院大員，就是這位仁兄，中午時分帶了一眾隨從，專誠請本人去咬了一頓連毛澤東先生也吃不到的湖南菜！

世上只有三艘船

各位喜歡聽聽小故事的看官，早好多年，乾隆皇先生有次興到，在某寺門奉齋，剛好看得見海邊，也剛好有船兩大艘，他老兄指著兩條船，對住持或寧波車說：天下間其實只有兩艘船，一艘稱之為：名。另一艘稱之為：利。

其實這位荷花大少皇帝，根本沒有想到還有一艘領航船，姑且稱之為：情！沒有這艘船的作用，甚麼名呀利呀都發不起來，情為何物？廣義的情，唯識行者形容是天地宇宙的能量，終歸在各位覺悟到自己的本位和智慧後，就乖乖回歸本位，無處不在。

中國佛家說無明啦，十二因緣啦，諸如此類的詞語名相，缺乏真正可以詮釋清楚的善知識，大哥我也學柏楊先生的斑馬線比喻，無明和其他名相本來是車避人的斑馬線，但到了大陸，是引人走上去讓車撞死的陷阱，解釋得婆媽冗氣，真是超級難頂！

有個好朋友，早年是顯宗，近年歸依密宗，問他為甚麼轉來轉去，他媽的三心兩意，恐怕對老婆也是如此！

他解釋無論是甚麼宗，一直沒有神僧告訴他何謂佛法！

到底還是愛情靠得住，雖然又生了多花樣的兒女情，男家女家的親情，將來女婿媳婦的法外法內情！

唉，有了情怎會沒有名和利！所以還是中觀好些，所有事物的情況是一種變化和超越的力量、情的力量。愛情、友情、人情，和複雜的際遇，像時空絞扭如棉花糖，時好時壞，好之中也有壞的因素，相反亦如是。兩小口子一小時前可以為對方扭甩自己的頭顱，十五分鐘後一句閑話，馬上大打出手，跟著十分鐘又可以搭肩攬頭，映張高清相片，放上ＦＢ！

任何種類的情，都不外如是，任何事物和緣起，沒有這樣的醬汁，自然像要出場面的女人突然失去所有化妝品，死得！

自然包括一隻曰名和一隻曰利的船！

又再勇闖江湖

胡雪巖是高陽先生筆下的銀號職員，怎樣把一生的榮辱投注在一個在茶店認識，不外是山水有緣能一遇的落難朋友身上，終於憑自己的眼光，把這位窮途落魄的捐班後補官員，變成自己日後成為財神兼紅頂商人的靠山。

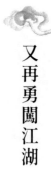

這部小說當年真是紅透商界，中臺商家佬幾乎無一不讀，各位大哥都想參詳胡先生的營商胸襟和用人手法，其實做大生意和行軍打仗，爭做大王寨主都是一樣，你大爺先要有一個靠山，其次是你的胸襟眼光，決定你是梁山泊還是乏麻灣的寨主，當然還得運氣作主導，有個朋友說得真到肉，他說：三十歲前不信運氣是理所當然，四十歲不信是天真，五十歲還不信是白癡！

其實《鹿鼎記》的韋小寶也和胡雪巖相似，他是混入江湖和大內，時時死好命，他媽的，他的靠山是皇帝和天下第一幫的幫主，講義氣其實也等於胸襟，花花轎子人抬人，和胡先生的處處先為對方著想，放人一馬，何其相似，胡先生和小寶都有大堆狐狸相伴，不同者是一個趁著還有些運氣，鬆章走人，另一個是運氣衰時急似潮退，找錯靠山投錯注，第一個靠山死後，他的第二個靠山是不懂做官和做人的左宗棠，終於被敵對的李鴻章和曾國藩連根拔起，收場雖慘，但只是運氣使然，每個人的一生，都離不開成敗禍福，四季同地時，夏熱豈無冬寒？

各路少爺大姐，請問哪一段時期不需要靠山？不過靠山有高有頽，其實家中的靠山比闖江湖，揚名立萬更重要！

諸位看官，你有這個靠山嗎？

我們真的有靈魂嗎？

一早說過，大哥我有各種出色的妹妹，藝術，烹調，管理相公，偉大母親，乖乖情人，玄學老師，最可惜的是沒有宗教的高手，否則我就沒有獨孤求敗的寂寞感啦，他媽的，恨天無柱，恨地無環，蓋天地之大，竟沒有一個可以談談唯識和中觀的弟弟妹妹，真是悲乎足下。

我一個玄學了得的妹妹，最近提起一本主題是靈魂的書，屬於研究類型的著作，當然不同於一般鄙俗式講鬼講怪，甚麼柴灣有條猛鬼街，叫雞叫到鬼，甚麼鬼容易和人上床，甚至是你喜歡和鬼執一劑嗎？之類，老實說，這些老吹的故事，簡直是對靈魂有侮辱性，我呸。

很早年說過，大哥我這類不可思議的感覺是與生俱來的，否則也不會一早就走入宗教範圍，而且越走越入，此外，卜筮星相，四大五行，無一不學，最近新上手，別人認為高難度的塔羅牌，本人一晚就通。

但強調本人並無鬼眼，而且認為有鬼眼的仁兄亞姊，十個中起碼九個老吹，可能是五臟有病，例如腎功能衰竭之類，容易產生幻覺，幾個親人去世之前，就頻頻出現見鬼的幻覺，這和高山症缺氧情況下，容易看到不常見的事物，是兩種的見鬼境界，兩者相比，大哥我相信後者，也許在某種有別於正常狀態之下，人是可以看到另一個平排的空間。

物理學上的空間維度，是最靠得住解釋我們死後靈魂的去向，特別是量子理論和超弦學說，大哥我長年很專注在這類記載，由《讀者文摘》到《Discovery》，《國家地理頻道》，《BBC》，這些較有權威的媒體，應該是靠譜的，甚至臺灣東森電視臺，有關寶傑哥哥的《關鍵時刻》，鬼鬼怪怪的內容也是有六、七成可信的。

對於由一千個包括精神科、內外科、心理、創傷科醫生所背書見證的著作，可信性是無可置疑的。有幾段記了下來可圈可點的說話，送給怕死、怕鬼、對靈魂學有興趣的朋友：

光之城市，影的世界。

根本並無死亡這回事，一段歷程而已。〈幽明之間〉《讀者文摘》。

《讀者文摘》〈靈應誌異〉中提到：幾十年前，一架德國工程飛船，在惡劣天氣碰毀，無人生還，由外國問米婆經另一空間的中介人，請來另一空間的船上人員，講述失事原因，由於牽涉很多工程專業用句，根本無法作假。

魂的容器。

由於有些的確無法解釋的輪迴例子，我們有理由相信，人類的大腦，可能又是靈

為和我一樣恐懼死亡的朋友而寫。《BBC》。

發明家愛迪生大哥長時期除了不停地工作，此外就渴望和靈界溝通，他死前一刻說：我差一點就發明和另一空間的通話器！

歷來探討靈界空間的名人極多，大魔術家杜迪尼，和神探福爾摩斯的作者：柯南道爾爵士、霍金、愛因斯坦和量子之父波耳，全是空間的業餘搜靈者。

現今的瑞士，早在四五十年代，就有一個龐大的專業人仕集團，大部分是醫生，特別是精神科的醫生，不斷提供死而後生的個案，包括曾經成為《讀者文摘》的書

輯，「幽明之間」和「光之城市，影的世界。」以及「靈應誌異」。

後者更涉及柯南．道爾老哥一手拉進來的問米大嬸，這個嬸嬸通過靈界的無形中介人，請上來幾個來自另一空間，生前在一艘遇難全毀飛船上的遇難工程師，問他們出事原因，最重要的是，通過中介人講述的失事原因，牽涉工程上的專業術語，問米大嬸根本無法揑造出來！

另一個案是曾經上過香港明珠臺的節目，一個自小喜歡玩飛機模型的美國小孩，偶然看見電視的戰爭片，對老爹說，他曾經是第二次世界大戰的美軍機師，在一次任務時被日機擊落，而且講得出飛機型號、他的隊伍編號、被擊落的地點，和其他隊員的姓名。

之後，這位小哥還會見仍然在世的昔日隊友，以及他的姊姊家人。

其實神鬼之說，不妨代入另一空間的探討，有部分朋友常說沒有這類空間人物的存在，人死如燈滅，好在這一輩朋友平日只限於吹水飲茶，不運動，不看書，保持生命思維在餘生堅守不變，讚啦！

我常對這些和化石爭一日長短的朋友說：凡事應該放大胸襟，多容納些科技帶來的訊息。

老實說，大部分有情都畏懼死亡，都恐懼沒有今日這個我存在，釋迦老師和其他的菩薩大哥只是說，無我是指沒有這一刻的我，下一刻，下一生的我可是向前不斷演繹的。

當你晨早從一個恐懼沒有來生的惡夢醒來時，請拉開窗簾，凝視外面射進來的光線下，你可看見似乎完全淨化的空間，飄揚著無數極小極小的粒子，這就是另一個模擬下的空間。

那篇飛船靈異的故事中，有一句很他媽的名句，由遇難而處於另一空間的船長說：

根本沒有死亡這回事，是另一個旅程而已！

不必按牌理出牌

曹操先生一生行事做人，從不按牌理出牌，所以無論是敵人或朋友，永遠猜不透這個人的內心世界，他集中奸雄、政治家、文學家、詩人、大話精，心狠手辣，亞瞞豈是浪得虛名，腐儒和正人君子看不起他，他何嘗又看得起他們。

他的名句：巧取豪奪得來的名位事物，價值只存乎於一心。

說得真好，蓋很多時的所謂聖賢學說，想落有七八分像葵花寶典，鼓勵每個人改動本來的人性，在精神上自宮，然後硬要每人塑造一個外表萬年不壞的外殼，這個仁義之殼，草擬畫圖了一千幾百年，他媽的，仍然是非驢非馬，望之不似君子，只是一條人棍或淫棍，遠不如日本人，似模似樣，修身、齊家、治國、平天下，大哥我並非長他人志氣，而且也不大喜歡死不認錯的民族，但事實上，小日本實際上可敬可畏，若干年前在東京新宿的紅燈區，看他們的成人表演，觀眾們嚴肅得體，斯文認真，猜拳有禮，誠誠懇懇，真乃儒家之道！

巧取豪奪只是一種生存的手段，並無公平或否的價值觀可言，特別在今時今日無邏輯和合格的道義標準的時代，古老的因果論已淪為漫畫式的笑話，大哥我三十年前讀唯識，十年前改讀中觀，兩三年前開始讀量子和超弦，越讀越驚心動魄，原來巧取豪奪，亦是人間名相。

怎樣才是值得自傲的層次

持才而寸的藝術家很多，貝多芬先生也是一個寸王，不要說他根本看不起同時期的音樂家，甚至德國皇帝邀請他到宮廷演奏，一樣不給面子，他的朋友用足了周星馳的對白，對他說：他媽的，假假地都是一個國王，給我一個面子如何？

他老哥說：不管你是不是皇帝，邀請我這個天才嗎？請親自過來。

早兩年有個北京朋友告訴我，他一個好友到朝陽區一個大廈收租，前後腳進電梯，剛好遇見移居天子腳下，由龍變成蟲的大明星，朋友看蟲一眼，人看見蟲當然是沒有表情，蟲卻忍不住，開口問：你知道我是誰嗎？

朋友笑笑說：知道，你也知道我是誰嗎？

順手給他一張卡片，清華大學一個博士班的教授。

下一句更絕：你老兄讀到甚麼程度？

各位弟妹不可不知，所謂窮員外，富秀才，以前鄉間的地主富室，有銅臭沒才華，不過臭錢可以捐個有名無實的從五品官銜，就是正官之外的官，員外，正員的官之外。

員外的豪宅話知有九千尺，想在大門口立枝桅桿嗎？對不起，員外不算有功名，欠奉。

沒錢的秀才瞓劏房，一百幾十尺，一廳一房，將來的狀元爺睡在線裝書上，但門口可以立一枝有面旗仔飄飄，兩個字金漆：御賜。

他媽的，任何騎馬開跑車的貴客，請乖乖地下馬落車，不叫你老兄爬過去已經賞足面子。

蓋有朝有代以來，只有文人，才可以寸倒諸侯大官兒，富商和滿身銅臭的鄉巴佬更不在話下，幾千年的傳統文化，打天下建國設朝，九成都是粗人軍佬，由春秋戰國二世祖的老爹的老爹開始，治民平天下的，莫非是文化中人。

只是時勢逆轉，今時今日，雖然寸人的花招層出不窮，但以文采才華之道去寸該寸之人，在層次上，自是高了一級，上流社會之宴，只要有個教授才子列席，他媽的，滿座銅臭滿身的人棍，連屁也不敢放。

所謂鬼神是空間來客

不瞞各位兄弟故舊，妹妹及各位新舊情人，大哥我起碼有一少半生，浪費在神神鬼鬼的專題上，當然不是從八婆大媽，神棍和大師的角度出發，一不帶隊去搞鬼，二不慫恿終日懷疑自己鬼上身的朋友去捉鬼，蓋所謂陰間的朋友，無非是比各位行先一步的前輩，遲早和我你一樣，都會走入同一空間，那時狀況，稱之為中陰身。

早年周時和教授級的知識份子拗到火紅火綠，這班滿肚書蟲的博士只有一個死蠢的論點，是認為人死如燈滅，鬼也者，不過是病毒入心時的幻覺而已，他媽的，大哥我恨不得一下連環鴛鴦腿，連人帶椅從十八樓C座伸這班書蟲出窗外，反正死無對證，事後告訴警察叔叔，博士人哥讀書太多，自然想去另一個世界看看烏托邦，君不見美國的大師海明威也是因為讀書太多生無好玩，於是求一枝獵槍帶他去了另一世界。

其實外國的知識份子，大多都保持觀念開放，信神信鬼但並不迷信，所謂迷信，是指根本不去深入了解而胡說九道的臭賊，中國的大人物，有幾多個相信真有鬼神的存在？老實說，你老哥數得三四個出來嗎？

外國的著名人物一大堆，第一個是愛迪生哥哥，愛因斯坦叔叔更不用說啦，神探福爾摩斯的作者，柯南．道爾爵士伯伯，迷鬼迷神到了極點。解放黑人的美國高佬總統，他有很多身歷其境的鬼故事，慢慢告訴大家。

無論如何，鬼神靈魂之道，永遠吸引我們這班童年時蹲坐在八婆大媽身邊，聆聽如何對付上身的鹹濕鬼，隔離街有隻喜歡食菠蘿油的殭屍，四、五十歲的單身男女，逢初一十五半夜一定被鬼壓，到了陰間還會配給牛頭馬臉，或者是黑白無常大哥的小三小四。

大哥我有良心，一早已經為一眾兄弟妹妹著想，蓋大哥幾十年做的是酒店生意，透過靈界仲介公司，買通十殿閻王做拜把兄弟，在下界做幾個拉斯維加斯賭場，內有獅子老虎機無數、臺灣麻雀、德州撲克、中國天九、日本彈彈珠，內進泰國人體按摩，非洲特色脫衣舞，各國得獎的五X級AV影片，包括金像獎、康城影展、慕尼黑影展，男女主角一律侍候陪客，等等。

所以奉勸各位好朋友，天堂委實是不要去啦，諸多條例限制，又要清心寡慾，比凡間沒情趣很多了。

還是來這個隱蔽些的空間吧，而且奈何橋早就拆了，改成日式地下街，而且裝置了天眼，各位如果想看看人間光景，易得很，轉角有大型視像銀幕，你老兄小妹在陽世還有甚麼忘不了的情人、仇家，一目了然，通過顧問公司，化幾個臭錢，找幾個散打冠軍的鬼王哥哥，三四更到了人間，半綁半勸，拉下來任君發落，担保上面的傳媒網站，連屁也不敢放半個。

至於孟婆大媽媽，她早已經退休啦，現下常常穿梭陰陽界的各大商場，他媽的，拖著十尺左右的皮箱，口咬老麥軟雪糕，名牌套裝，沙宣亞哥親自修剪的髮型，各位總有一天跟她在商場兜口兜面撞到她。

好茶，好酒，好咖啡

本人在食之方面品味奇低，從未入過食家門檻，枉有一個米芝連級數的娘子。

但說到本人的強項，茶與咖啡，誇啦啦，頓生甫天之下，捨我其誰之感，但當今最強的貓屎咖啡，恕不入口，常言，真正清高之士，怎會求味於野，真正的武功高手，怎會去打街頭爛仔交？飲咖啡要牽涉到排洩物，想起都嘔！所以對於有附加調味的咖啡或茶，本人是淺飲即止，甚麼人參烏龍，榴槤咖啡，雖然味道不錯，倒像加工後的女孩，看看無妨，放在書櫃旁邊也可以，放在床上，不必啦！

特別喜歡茶，是因為飲茶的確可以飲出人生的境界，飲茶的過程無非是：

認識飲茶：是初階，因為食叉燒包和蝦餃，而帶出茶的存在，引起你的口感！

喜歡飲茶：嘗試飲各種不同的茶，鐵觀音、水仙、普洱、壽眉、六安、大紅袍！

終於找到最適合自己口味的茶。

開始追茶、尋茶、試茶，到訪不同的茶樓酒家或食店，進一步到茶莊選茶，落心機，買齊道具，佈置飲茶道場！

研究茶源：考究同一類茶的級數，自以為追上陸羽先生，開始寸其他的茶友！

反樸歸真：放棄形式，繼續飲最合口感，但不一定是最貴的茶葉，也不一定非紫砂壺，無根水不飲，因為你已經飲出了人生的境界！

各位看官，人生的過程亦不外如是，本人始終認為層次難分上下，但人生境界確有高低之別，各位認為如何？

一句說話足以改變一生

各位以為在平靜如湖面的時日，可安然渡過一生？錯。以為際遇艱難，走入窮巷盡頭，後有西藏惡狗，九日尚未開餐，死定了？錯。原因是人生不一定由真神亞拉，或外星人控制，更不落神僧一知半解的因果論巢窩，超越才是永恒，變幻只是歌詞而已。

楚漢爭霸時期的項羽老兄，曾經在楚國上將軍宋義先生屬下為將，有次緊急會議，他和一向稱兄道弟的同僚入帳聽令，他老哥一時順手，把佩劍交給身邊的老友，就是如此簡單的動作，在稍後數年，霸王哥哥由盛到衰，靚狐虞姬自刎，恐怕他那匹私家好馬烏騅也變成馬肉米粉，最後在烏江草叢中，終於被追得他幾乎吊頸也沒有時候，被迫在當年的兄弟，已經降漢的將領面前，把自己的頭顱割下來。

就是這位仁兄當年接過項羽老兄的佩劍，心中怒氣激心，格老子和你本是同層次的級數，竟然把我看作你的副將，有朝一日，這口氣非出不可。於是日後窮追猛打，兄弟變成仇人，否則霸王哥哥有可能渡江而去，是另一段歷史啦。

這位因一個小到不能再小的動作，可能改變項羽哥哥一生的當年兄弟是：呂馬童先生。

大哥我最拜服英國國寶莎士比亞先生，不是他的詩，而是他著作的戲劇，本人十年前改修中觀之後，才突然醒覺莎翁哥哥的作品，說盡了中觀的精萃，由各位老弟老妹最熟的羅密歐與朱麗葉、奧賽羅、威尼斯商人，把人生過程本來如此，驟然不是如此，由這個平靜的際遇，因為一點點的煙火邂逅，產生無以言喻的變化。

特別是在他另一個劇作：馬克白。

這位本來忠君愛國，性情善良的將軍，因為偶然被他家中愛虎挑起內心的慾望，於是謀朝篡位，環境和治國的壓力改變一切，慢慢由善轉惡，到極惡，把本來的好友趕盡殺絕，他自己也死得莫名其妙。

這種劇情不斷在現實人生上映，更多不可思議的變化變身，超越時空，所以我告訴在修行中的朋友，不要過分沉迷在經典佛理，只要打好基礎，在有情的塵世中，參加不止每年四個的大滿貫。

際遇複雜，法爾如此

人生際遇原本複雜離奇，原本沒有邏輯性可言，根本連因果也算不上，福兮禍所倚，或悲兮喜之繼，之類的爛到痺的說法，已不合時宜。

老師說的人生境界，是少年時看山是山，看水是水，中年闖過江湖回來，衰過病過，愛過有過又彷彿地失過，於是看山不像山，水不像水，倒也另有一番感慨。

到了惆悵不得不入黃昏，朝難起，晚難睡，手腳無力，一到落樓梯而沒有扶手，馬上死得，送他老哥十根自動枴杖，四架智能電動輪椅也沒有用，只能看山是山，看水是水，除此還能怎樣？

我說，老師說話，不過是臭腐儒之言，人生境界，今時今日是智能手機和科技新時代，頑童看山看水，是充滿精靈和魔戒的半獸人，水裏是人魚和無比敵，總之是一個迷離詭異的童話世界。

到得闖天下之時，各自各精彩，樓價高到嚇死人又如何，吾友拜倫先生說過，到你用盡力量拚殺，是成是敗，自然另有一個你想不到的人生境界，做不成李先生又如何？住公屋居屋又如何？各人頭上一片天，吾家女兒乖鼠說得好，在這二三十年裏面，你起碼要學會自知自省呀，是甚麼貨色無所謂，每個人不一定是大人物，請看看中國的大人物下場如何？

做個小人物也很有趣呀，怕老婆也不壞呀，他媽的，女人是多變的怪物，變蛇，變狐狸，變巫婆，最後變老虎，怕老婆天經地義啦，但是兒女一看你可憐兮兮，馬上給你一個擁抱，勇氣又回來啦，如果你想變成武松大哥，好，有志氣，趁今年羊年，新年新願望，好過飲碗湯。第一不要相信羊入虎口這句說話，請自我催眠，你是一個披著羊皮的《水滸傳》天罡星，誇啦啦，打虎本是英雄漢，不懂馴獸嗎？我教你！

吾友愛因斯坦的方程式：$E=MC^2$（能量＝質量×光速！）

各位大哥大姐，每人體內都是一個小宇宙，每個細胞都可以形成一個重力場，經過運動的速度會產生能量，生命就是如此變成的。

所以，黃昏過後，最好還原成一個充滿動感的軀體，老馬伏櫪，志在千里，山和水都在你的體內，他媽的，今生看中哪一類狐狸，來世可以圍捕。今生嫌一無所有嗎，好，來世再來營造雄圖霸業，不必懷念早些年代的浪漫歲月啦，因為二、三十年後，你大哥在某處悠然地甦醒，你是另一個最懂得享受浪漫的大亨。

剛重看甜心先生，送一句裏面的名句給各位看官：

我一生成敗各半，但我愛我的家庭，所以感覺快樂！

各位亦應如此！

看化人生？錯了

看化人生，等於你由年輕的亢奮期搏命期，動刀動槍，攻城立萬，血流成河的日子回歸夕陽，知道大勢已去，來日無多，反抗無能無益，不單地水火風，粥粉麵飯，嫖賭飲吹，他媽的四大皆空，只好苦笑兮兮，淒淒慘慘地勉強帶著一顆阿Q的心，等算帳的那一刻降臨。

看通人生當然更高層次一級，黃昏過後，從過去幾十年的滄海桑田生涯經歷，愛恨離合，做過衰仔好人，倒也學得一點智慧，更積極地面對餘下的人生，知道凡間的所有人情世故，甚麼反中占中，轟烈的情仇怨債，眼淚鼻涕加功名富貴，大小喇叭，莫非是笑話一場，而且只要積極面對，自然好過頑固主觀憤世嫉俗的死老頭，於是對人對物豁達瀟灑，說不定大歸之日，和閻羅王打打臺灣牌，德州撲克，搞個賭城也未嘗不可能，到底陽間越來越善惡難分，甚麼地獄景色，正好當作旅遊特點，註冊一個陰間旅遊公司，專接剛從奈河橋過來的新客，牛頭馬面，黑白無常，正好作為領隊導遊，包保不會迫客買物，蓋興乎來，花差花差，他日建一個現代化的機場亦未可定！

賣茶的黃婆，也可以在裏面搞間咖啡專門店，賣賣藍山和貓屎咖啡！

再高一級，是看深人生更一層，南老師說有些修佛的朋友，根本就不太相信不常不斷的來生和輪迴，相反是有些更積極的朋友，也不管甚麼今生來世，甚麼帶業分段生生死死，走入暮年仍然在學習過程，追求以前未接觸過的事物，是否仍然保住小三小四甚至狐狸精的豪情則不得而知。

本人身邊仍有這類笑向人生一萬年的朋友，有九十五歲在網球揮拍自如，跑得不止幾步，有樂於和小朋友吹水而不擇善固執，有每日讀書學琴入健身房，總之他們知道，年齡也者，不過是心的轉移，

無論任何階段的人生，都不外是一個應對將來歲月的課程，你也不需要知道是否人滅燈熄，輾轉千萬劫，你越懂得在橫空直竪的維度做一個好學生，遲早都是一個智者！

放鬆自己，等待果熟

各位英雄俠女不可不知，自古以來，說得最爽口容易的事情，通常最難做到，他媽的，偏偏又是在你的身邊或面前，像空氣中的蜂鳥，出生、產卵、死亡，都在空氣裏面，你肯用顆心去看，一定見得到。

其實城市人，打工仔，大小生意人、運動員、修行者，一樣米養出的千萬種人，不懂放鬆猶如糟蹋生命，阿彌陀佛未成佛之前不知放鬆，不常放鬆，那麼他頂多做個小沙彌而已，因為修禪修止觀，以至修定，初階都是由放鬆開始。

有部電影講有個女孩，意外吸收極大量引致快樂指數激增千萬倍的物質，終於最後無形無相，無所不在。

這種物質且稱之為多巴胺，是你老兄大姊一出生就由臍帶傳給你，少得微乎其微，當然因人，或者因多生累積而異，有些人一生喜歡笑而樂觀，另一些人看見人類就想咬頸吸血，但後天是可以增生的，視乎每人的生活態度，假若你老兄懂得放鬆自己，哈你老友，真神亞拉，耶和華先生，釋迦老師，說：你有福了！

早些年有個武打片明星對我說，每天做到隻狗一樣回來，還被女友纏著上床，簡直累得想死。

大哥我當下一巴掌打過去：改變心態呀！做足二十小時，回來上床的動作可以視為一種放鬆呀，他媽的，虧你還是武打明星！

對了，要先懂得如何放鬆。

我家女兒乖鼠也經常工作到面目無光，皮毛黯黑，她一回來馬上落會所游泳，六七十個標準短池，回來後十分鐘，又是一頭機靈活潑的勁鼠，無他，放鬆自己而已！

修行人無一不懂冥想修禪，告訴各位，這是一種可以產生多巴胺的途徑之一，真正的菩薩一定會告訴你，學佛修佛，除了通透經典，只有修禪修定，別無他法！

大哥我也告訴各位，修正自己的生活態度，增值和提昇層次，請由放鬆自己開始！

細看犬儒眼中的世界

不瞞各位看官，蓋大哥我細看歷史以來，最有感觸的是，古時的太監宦官老哥，長期被視為大花面，特別是明朝的東西廠，一部「龍門客棧」電影，加一本《葵花寶典》，坐實了大奸狗之名，其實表面上智識份子的士大夫，所謂儒家份子，文學伴從之臣，一部分何嘗不是外嚴內闇，利益所在，所謂博學文采，內裏翻之時，只怕手段比正常人更利害。

所以本人第一怕正人君子，第二怕智識份子，也從來不願與儒家份子為伍，特別是自以為才子才女之流，理由是他們永遠只活在古代聖賢創造他媽的傳統城市，也認為所有人也應該用聖賢的方式生活。

真正有中國文化氣息的地方，還是在臺灣，即使是今時今日，他們中學的寫作水準，絕對好過香港任何大學文科學生，大陸的？一有馬屁式的政治立場，寫出來的文章，恐怕只配給石梨貝出來討食的馬騮哥包香蕉而已。

香港其實只有兩種文化，一種是越來越悽慘的學院派，另一類是專欄文化，可惜的是，裏面困住在報紙框框幾十年的才子才女，除了三幾個還保持可觀性，其他逐漸變成文化打手，或者多少患上了青光眼，看不清楚世情世界，真是悽悽慘慘戚戚，遲早是一隻在微波爐看風景的青蛙。

增加快樂指數

先說一個禪門故事：

話說有位仁兄中途遇劫，失足跌下懸崖，好在及時抓到一條幼藤，但是藤的上方，有隻像鼠又像狸的動物，正在把藤當作朱古力脆皮，看看捱不到卅分鐘，死硬！

這位十成死了九成九九的仁兄，突然看見在伸手可到的地方，有一朵開得比花更像花的植物，令他忘記下一秒鐘可能跌得比流星更快，他伸手過去，整個人在喜悅當中。

另一個是好朋友的故事。

這位兄弟大前年失業，窮得身邊只有一千元左右，他在電話中告訴我，這筆小錢可以捱到他找到另一份職業，但同時他在服裝店看見他喜歡的一套西裝，問大哥我應該買？還是忍？

我答他：做你認為開心的選擇。

也是一個令大哥我感動流淚的故事：

五十年代，一個老爹的軍中同僚走難到港，住在調景嶺，一家四、五口，過著每日一飯，明日白粥送腐乳的日子，某日遇到當年出生入死的部下四、五人來探他，但身邊只有一筆明天交電燈公司的費用，他應該怎樣選擇？

怎樣看待這幾個曾經血淚交融的戰友？

如何選擇，其實並無對錯可言，不過可以看出你的人生層次和境界。

集體意識創造實相，不受限於命格八字

這兩句說話，道盡了何謂運道時勢，也可以初步解釋，歷史上很多欲罷不能的局面，不能不隨著某種無以名之的亂世洪流，大多數人的整體意識而產生。

第二次世界大戰，廣島事件，愛因斯坦先生是原子彈的父親之一，第一個原子彈名叫小肥仔。

其中一位老友，也是創造者之一，量子物理之父，波耳先生。

愛因斯坦對波耳說：遲些才落在侵略者身上，可以嗎？

波耳哥哥說：現在的形勢，肯定侵略者就是日本，改不了。

蓋德國佬已經投降，雖說美國佬如果登陸日本，可能有二百萬軍佬戰死，這就是投擲原子彈的原因。

另外一個副因來自俄國佬的抽水占著數意識，稍有差池，相信日本大部分的靚婆靚女，都是俄國人的慰安婦。

唯識有宗的因果論，是說因中有果，大哥我認為是徹底錯了，轟炸日本這個所謂的因，能藏有甚麼的果？兄弟，只有靠推測和想不到的所謂果，是吹牛式的果，惟一的果是阻止這場仗再打下去，是減少美國軍隊登陸日本本土時的傷亡，你能說這個是惡果嗎？這個業是兩方面以致多元化的，可以說是全球人的共業。

有位法師說愛因斯坦該下地獄，他未免太看得起自己了。

只有第一步的反應，緣起後的作用，點燃起儲存起的內心火花，再帶起另一種作用，次第緣之後的緣，全世界的目光集中，龍蛇混雜，搏亂，打擊對手，搵政治著數，再變成大鑊大大鑊的增上之緣。

如果不在這種緣繼續增上之前把它停止，便只有不停地增上，變成另一種因，也就是說，另一個緣起，再無第五種不知甚麼的緣。

與其說集體意識製造出來的是因，不如說是實相，連共業也說不上，命理八字可以算得出來嗎？

天地不仁，以萬物為芻狗

各位會認為今時今日的自己，仍然穩如泰山嗎？

乾隆老兄說一世上只有兩條船，利和名，這個死時安樂，葬後悽慘的十全風流皇帝，說漏了還有一條最大的船，曰之為：權。

包括船內，載滿很多巧取豪奪回來的利益，佩服佩服。

權勢也者，是有腳之物，是它來找你，你找它不到，而且只有牆內牆外兩種，第一種是來自老爹或前人，天生其權，此外是搶過來，或是辛苦經營，受命於時勢民民眾，說來荒謬，希特拉老爺，是當時德國民眾選出來的，他的崛起和失敗，可以寫成一百萬字的考據。

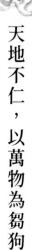

其實只要有任何人聚集的地方，就一定有所謂權力鬥爭，搶做大佬，一頭小小的家，何嘗不是如此？

世上搶得到的，都是小權暫有，吾友莎士比亞先生筆下的馬克白，把權力的遺害演繹得驚心動魄，先一陣子的神劇：權力遊戲。也說盡人間世的權力，等於放入了氰化鉀在菜遠牛河，或肉燥飯內。

無論《資治通鑑》或日本戰國春秋，大小人物，權力的終極，一個蘋果不需要甚麼魔法，不需要皇后變成的巫婆，到得在你的手掌，話知你是白雪公主或公豬，只要一口咬下，大運已定，收場自然不是千古艱難惟一死那麼簡單。

讀過法國大革命和波普王朝的歷史，連那時的御用劊子手，用怎樣的劍，怎樣的技巧，去斬昔日的貴族大臣，失權者，也等於看著自己的頭顱，像樹上熟極而落的榴槤。

二、三十年江湖，看盡梅花內外，飄雪沾雨還帶微垢的晨露，認識的大羣一品大員老兄小哥，三分之一已然落泊官場，朝陽和淀海區，玻璃廠街，或香港擺花街扯旗山頂，大概都沒有機緣偶遇。

另外三分之一路邊相逢，不再是當年擲筆斷命的那個人了，執手相望，唏噓嗎？他媽的，又不是電影裏的畫面，現實中，無論是重見舊愛或舊友，都不是這類戲論能形容的。

中國人有兩句不知所謂的說話：但願我兒愚且魯，無災無難到公卿。

到得公卿權重，相信禍來之時，不是每日五餐公仔麵如此簡單。

所以有幸到這個有情世間，唱戲扮不同角色的人類，鬚生旦角，白面花臉都很難做，投胎之前，閻王大少心情好，會問聲：兄弟落凡間想做甚麼？

富貴人家靠積德，藝術人家靠天分，要做權力中人？可以可以，權力永遠是財務公司，分分鐘滿街滿谷都是中介人，還得起中介人的人情業債，才好去借，拜託了。

文化人最易墮入文字障

老師常說千萬不要陷入文字障，幾十年深信學問和運動是應該平衡的，一文一武。

南老師是武術高手，本人以多取勝，甚麼運動到可以參加比賽的標準就適可而止，自問不是冠軍，但也不願意單單是做個知識份子就算，蓋一上了博士班或老師級層次，和儒家系列沾上了關係，馬上落了兩邊。

達摩老師千辛萬苦，把本來強筋健體的武功帶入佛家，主要是把陷入經典文字瞖缸的佛，由蠶蟲變成大蟲，當然他不是傳說中那麼高竿，可以一葦渡江，

其實儒家只有三大類，大儒、小儒、腐儒，當然還有聖人之儒，後者可以用天外來客的身分，在YouTube 作為連載故事，和釋迦老師、李耳老爺、孔孟荀三聖，寫入將來大同世界的聖經，每日漱口擦牙前唸全書三次，晚飯後用毛筆抄寫三百次，上廁所冲水前後，默想一次。功德拍得住大和尚把人大的會議記錄抄一千次。

大哥我當年在落難時代，慘受儒家老爹的高壓，百家諸子起碼讀了九十八家八

八，後來又跑過幾十年不少文化大會，生意市集，混混沌沌的賣藝賣跌打散，賣賣人口的江湖。

總之由看山不是山，到看海灘的水原來根本沒有靚女，終於分辨出儒家也者，不外是人間包裝，把原本騎呢的人類體型腦袋，變得可愛可口。

大哥我不敢妄論大儒聖儒，在大哥半紅不黑的心內，只有一位明末清初的黃宗曦，梨洲先生。

他反對忠君愛國，自然也包括反對愛黨，是近代民主思想的祖師，比得上歐洲的思想革命家盧梭，他才是真正的大儒。

其實儒，釋，道，連帶其他的宗教，早就是政治上或名利場上的項目，傳法傳道的世間人棍，早就把上述的天外來客一腳伸開，謝謝你們給後世最站得住腳，比喪屍妖情更能嚇懾有情的工具，上可以被忠君愛國的政棍政客控制人心，下可以乘勢搏亂，合法合理搞搞未成年或未成熟的男生女生，比華爾街和其他金融騙棍更無羞無愧地接受奉獻。

錦囊中的一個字

一個字可以占據了你的命運，逃不開五行的人類，懂得以這個字為最好的老師，真不枉一桁珠簾終不掀，可遮暴雨寒冰，不壓屋簷不逼眉，這個字曰之：忍。

吾家女兒乖鼠，是我佛法的師兄，時有提醒本人的金句金句，其中之一是：和你的形而上而下的敵人鬥長命。

換言之就是，有甚麼好過比你活得更開心？你死得快，我好世界。

蓋這句話和金科玉律的忍字，是連在一起的，在政治圈子，古往而來，乘列車而到的大人物，永遠需要這個字作為貼身錦囊，否則，未進入中途站，已經被人家五馬分屍，大哥我看了幾十年古靈精怪，或稍有真憑實據的歷史，裏面的大人物，沉不住氣，死得非常狗餅，這類狗熊式的人物，多如迴轉壽司，就是衰在既不能忍，又不能自我增值。

作為尋常百姓，其實忍字代表增值，金錢銀兩是有腳的，你老兄沒有緣分，追死也追不到，但是為自己增值是可以的，最實際的是健康，老生常談見不談，大部分的朋友以為隨時找得到，可以嗎？

有兩三個歷史上的朋友，最能演繹這個字的精神，劉備和德川家康，兩位都是著名的忍字派的大亞哥，每日都在忍辱受氣，訓練身體，忍足大半生，終於昇上了神位。

吾友柏楊老兄，把忍字形容得很貼切：忍是代表向無形或有形的敵人下跪，但保持隨時躍起的姿勢。

大哥我幾十寒暑，從來沒有放棄任何比賽，其實所有運動員，都不會對一個忍字陌生，特別是操水的兄弟妹妹，每日在不超過五十公尺的標準泳池，默默寂寂，彷彿永無休止，遨游四、五個小時，沒有音樂，聆聽不到風聲葉響，四季只是貼著泳帽的蟬叫，有甚麼字眼可以比用上一個字：忍，更說得出他們的心態嗎？

各位善良的兄弟妹妹，無論是在牛王頭，或打家劫舍的闖盪江湖時期，總有遇到過惡霸，或經常入夢中陪著你半生的氓痞，但有甚麼好得過像家康先生所說：最快樂的事，莫過於看到你的對手比你更衰老。

大哥我一次去醫院，看一個馬騮仔時就認識，踢足球時被他呼呼喝喝，做生意時又佔盡便宜，夜場上逢狐必搶，蝦蝦霸霸，中年是上市公司老闆，早上鬧職員，晚上喝老婆，教兒女如教狗，煙酒不離，總之，大哥我有一個心願，是找一個機會，打他一個面青口腫，由街口爬到街尾，即使坐兩三個月牢房又如何。

真是皇天保佑，釋迦老師也不想這個乖乖學生負上刑責，終於讓我看見如是因如是果。

春暖花開，本人在醫院看著這件已變成一堆廢鐵的人棍，大哥我坐在對面，蘋果咬得爽爽響，架起二郎腿，搖呀搖，搖到奈何橋，笑得像隻不太友善的貓，離開前對他說：放心，拜你那天，送你一個花圈，加四個字：惡人其萎。

說來可能稍嫌涼薄，但感覺非常良好痛快，人生從未如此開心過。

問世間，情值得多少銀兩？

情是沒價的，不值半個子兒銅版，好讓天下的詩人藝術家吹來吹去，甚麼羅密歐與朱麗葉。梁山伯與祝英台，其實只是一個形而上的象徵層次，現實中加個銀河系的背景而已！

吾家娘子常常說，童話世界是騙人的，徒具哄人的幻想，我說：也不盡是如此。起碼活在這種荒唐的三千大千，再加上老千的殺戮世界，有段天馬行空，令現實中的戀愛更轟烈些，晚年記憶也多些感嘆號。

記得有個好朋友，和相戀相處的白粥炸兩一起長大的女孩，已訂好某年秋天砌好愛妻號行下水禮，夏天盡頭，來了個尋妻的廚房大哥，和女孩相識不超過半個月，乖乖，轉了性，準人妻要跟他去外國做廚娘了，我這個好朋友，晚晚唱山伯臨終，早晨例嘔出一碗鮮血，大哥我忍不住對他說：他媽的，究竟是豬血定人血？

又有個大姐姐朋友，正在鬧離婚，她對我說：最初嫁他真是著鬼迷，明知他行為討厭兼粗鄙，偏偏一頭栽下去，十七年後才清醒！

這些荒誕離奇，不太邏輯的真實事件，大哥我放滿前後褲袋，如果妳問我想說明些甚麼？

我是說，情情愛愛皆遇緣而起，緣盡而散，非因造業，也因造業，戀愛無價，看妳是甚麼層次，這就加甚麼想法進去而已！

雖然如此，還是要對戀愛多點憧憬好些，總好過白來一趟！

王陽明和黃宗羲之一

大哥我一向認為儒家一向只是中國文化界的牛王頭，比諸暴君尤甚，永遠認為文化潮流由我創，他媽的，連累我有好幾年，窮窗夜讀，連追劇集，聽電臺夜半奇談的時間，都盡付線裝書，大儒來小儒去，總之魚來魚去，此之所以，本少爺有生之年，連魚都不食。

蓋老爹有個老死兼同鄉，是民初的大儒家，和老爹經常茶敘飯局，扮足了孔老二和喜歡搬屋的孟大少，自然而然要下一代，在皮鞭和步槍之侍候下，起碼做條儒龍，於是本少爺淒淒慘慘，學校功課之外，還加上一千幾百本儒家臭豆腐的文章，這就是大哥我一直和儒家份子割席的原因。

老爹的老死做過民國教育部長，同鄉同一條街，梁寒操先生。

在歷史眾多所謂大小儒之中，也不盡是討厭之書蟲，有兩三位巨儒和本人頗夾口型，而且讀他們的生平資料和觀念也很詳細，兩位是同一朝代的中國人，並無同鄉之親，但有佛緣，一個是明末清初的忠而耿之士，黃宗羲先生，另外一位是明朝怪雞皇帝正德年間，王陽明先生。

各位看過電影：《唐伯虎點秋香》，一定記得有個謀反的寧王朱宸豪，就是衰在陽明先生的手上。

幾乎所有的儒家都說和佛家有關，加上了有馬不騎而騎牛的李耳先生，甚麼儒釋道同是一家的說法，大哥我一聽之下一定回應粗口，他媽的，說佛家和物理學有關聯還有些道理，但三家方向不同，理念不同，還要講大話說是同一家人？對，大家都是人類，而且都是達爾文先生口中的馬騮，可能同一個樹林亦未可定。

說王陽明先生和佛家有關聯嗎？

對呀，說得通。

王陽明和黃宗羲之二

好教各位兄弟妹妹得知，當今之世，無論任何形式的宗教學派，任何唯心唯物主義，你老兄老姊有一顆千萬劫原封未動的善心又如何？只怕鬥不過一個字：利。

吾友拿破崙先生一句千古不破的名言：上帝永遠站在最多大炮的一方。

王陽明和黃宗羲老哥，是儒家中的最識時務者，所以終其一生都可以得享大名，而且知心甚明，是近代新儒家思想的祖師爺，特別是陽明先生的心性良知學說，影響了後世佛教有宗的唯識思想，當然不包括五十年代以次的內地佛教。

陽明先生有個很詭異的故事，他其實由馬騮仔到牛王頭時期，雖然有個家底豐厚的幾代大儒大官，祖父是明代文壇祭酒的王倫先生，老爹更利害，是明成化年間的狀元，但這隻馬騮未開竅前，只喜歡佈陣打仗，經常和老爹對著幹，久不久被老爹打到他Pat Pat 開花。

就算憑老爹的關係做官，仕途也不順利，三十幾歲還被一腳踢到鳥不肯大小便的地方，做個只有一個小兵的驛站頭頭，龍場，在貴州西北叢林區的修文縣，相信今天的旅遊網站，一百年之後也找不到這個落點。

又是某時某日，一肚氣兼一把火的陽明老兄，行行重行行，忽然去到一間老寺，居然還有一兩個似和尚的人類，略有香火，入去望望，見有間上了鎖的房間，莫非內有紅蓮寺的狐狸或喪屍？小沙彌說是以前住持的禪房，幾十年沒有人進去過。

懂多少降龍十八掌的陽明少爺一手推開，裏面只有一具出家人盤坐的枯屍，旁邊有張白紙，過去一望，寫了兩行字：五十年前圓寂日，開門即是閉門人。

怕未？

王陽明和黃宗羲之三

為甚麼在儒家諸子之中，只喜歡王陽明和黃宗羲，因為早年讀儒家著作，都是一行眼淚，內心一句粗口讀完的，外加老爹的大棍，大哥我讀一行，罵一句老爹的校長，直至讀到王陽明的〈傳習錄〉，特別是他如何評論聖賢的思想行徑，大哥我把老爹剛買回來的梨木枱子一掌打得粉碎，他媽的，罵得真好。

認識黃宗羲老兄反為是後來的事，有本歷史記載：萬歷十五年。

提起了早期抗清，但後期無意復明，甚至和康熙大帝有莫逆之交，黃宗羲和王陽明先生穿差不多顏色的褲子，不同年份，大概也不會搞基。

一時興起，讀了他一本古古怪怪的著作：《明夷待訪錄》。

相信是有儒家以來，最最反動的思想。

誇啦啦，大哥我深有同感，跟手把老爹拜拜後留下來的椅子踢得稀巴爛，因為黃老兄把以前腐儒所尊崇的忠君愛國，甚麼四維，甚麼德行，全部扭轉三百六十度，對極了本人的胃口。

有一條成了蟲的仁兄，說中國人是應該管理的。

其實這條蟲說得頗有道理，因為黃宗羲先生也說過同樣的話，不過他認為要有最有才能的頭頭和班子去管。

分別是這條蟲不過是想當然的應聲蟲，等於說天下的女人都有個價的，不過他搞不清楚是價錢還是代價，結果是差不多一鋪清袋。

黃宗羲老兄如果早生在宋朝，他也可能被臭腐儒中的臭蟲一鋪清袋，因為他貶君貶臣，罵盡天下帝皇，盲忠愚孝的士大夫更不必說了。

其實今時今日亦相差無幾，雖然髮型不同，官和平民，都可以有個金正恩髮型，兩邊鏟青，手機不同，官有蘋果民有橙，很快又五G六G，香港很快劏房一百尺可以多劏四間大房，尋常百姓早該學習花果山民族，企定定睡覺，企定定食飯，企定定做功課做愛，乃是有益身心的事。

天下萬朝金粉，改朝換代等閑事，利慾仍舊薰心傷人，看來有一百個王陽明和黃宗羲先生都沒有用。

正是：

無需格物以心，因為心動等如一屁。
治國請勿勸諫，傳統滿朝貪官污吏。

彈冠彈指引磬

沒有不進入醬缸的宗教

這一陣子，看了很多各位大師大德，法王和寧波切的佛門金句，不知道各路英雄大哥，善信姐姐會不會有很累的感覺。

兩日前和命理老師談起香港學佛信佛的徒眾，彷彿聽來聽去，都是一大堆零亂無實際內容，各有各的說法，究竟是佛的說法還是各位佛門英雄豪傑的說法，炸麵加雲吞麵，牛腩炒河粉加越南金邊粉，總之是菩堤子加車厘子再加六、七個可以像風箏扯來扯去的甚麼心，唉，佛法可以搞到這個地步，怪不得釋迦老師說會有個末法時期，他老人家如果再來這裏降生，　定大叫有趣，有趣！

因為最令人頭痛的原因，是全部說法沒有一個有系統的依據，分分鐘是這班佛家高手，大手印喇嘛自己一時興發，菩薩上了身的突發詩篇，看得急於信佛的徒眾混混沌沌，好像在公立醫院大堂，時不時有些等待看病的街市大佬、江湖好漢，剛由菜市場或麻雀學校趕回來的大姐大嬸，不理三七二十一，把手機的音樂臺音量放大，還要是大傻和廖志偉（不是曾志偉），鹹水粵語流行曲的年代，也不理你聽還是不聽，唉！

好在現今人間世，不似龍樹菩薩那年時的境況，你說你的理論了得，好呀，大家都可以彼此踼盤較量，講口不講手，但是輸了的一方，好歹任揀，好的是你叩頭做我的弟子，乖乖，歹的是請你留下頭來！

龍樹老師和他的弟子提婆的關係也是如此來的，龍樹老師的大乘中觀理論，駁倒極多外道和小乘教派，但也為他和提婆帶來殺身之禍！

有時不能不佩服柏楊先生，他把中國人的質地性情看得真透徹，甚麼精品或理論一落在喜歡加糖加醋加麻辣醬的國人手裏，分分鐘心血來潮或孫悟空上身，再加些化工料，變成核子彈的鈾亦未可定！

此之所以，印度佛教一傳入中國，歷朝歷代的諸子百家，文化精英，喜歡談神說佛，以為自己是菩薩托世的昏君明君，當朝文武豈非羅漢尊者，諸如此類，自然就會有大批文人墨客，隱居百年或以上的怪俠怪雞，把死無對證的經典，略為包裝，稍稍修改，他媽的，中國的四大名著，千年以來，被世人捧為金科玉律，其實裏面內容，刪改加上色香味，走狗行空，三國演義搞得明朝末年家破人亡，《西遊記》，無端端要唐老三多了個契兄李世民，而且時至今日，還有些明理之仕相信真有齊天大聖、龍王三太子，不信嗎？打賭一張尚務機票，讓你大哥去臺灣看看，臺灣文化比香港加中國可好得多了！一樣有這類經常發冷發燒的信眾，甚至有些電視節目，還公然鼓吹，每一次本人在臺灣閑逛，總會看到這些和鬼神有關的清談節目，言之有證有據，證明了甚麼？

其實一直以來，中國人的民智進步不大，很多婆娘嬸嬸，神佛不分，拜神以為已經信佛，進得入堂皇廟宇，看見輝耀佛像，穿得莊嚴瀟灑兼而有之，頭頂烙幾個法印的大師級神僧，嗚啦啦，早就痛哭流涕，要是菩薩報夢加持，不得了，劏隻雞和乳豬算甚麼，他媽的，遇父殺父，殺個和尚都可以！

物理＝佛＋人生＋維度空間

各位老兄和妹妹，讀了幾十年的佛家經典，會發覺常常走入水窮處，其實有很多大德明白，修佛學佛到了某個程度，必須以另一個角度重新出發，吾友馮先生，幾十年前早就懂得印證物理科學和佛的關係，今時今日，說佛的潮流已轉移到量子和超弦理論，彷彿非如此不足解釋成佛的理念，上去YouTube網站一看，一大堆法師昇呢到菩薩身分，半懂半不懂，把量子理論加入佛法佛理之內，一眾信徒自然又成為和佛拉近了距離的弟子，乖乖不得了，可能將來打救地球亦未嘗沒有可能，不讓報仇者聯盟、X戰警、地球守護者專美。

佛教最初到了中國，一直被歷代文人知識份子，儒家聖賢不斷薰陶，演繹到近代，傳法的神僧大師，都是以發水百倍的經典理論面世，把菩薩大哥的金句，加上自己的宏論看法，以扭計骰的方式說法授徒，與其說是佛教，不如說是傳統加傳說，孫悟空穿上超人的披風緊身衣，可能他們心中的：佛，就應該是這個樣子。

文化和宗教當然不可分割，但文學作為佛家的五明之一，充其量是一隻美麗的指月錄的手指而已，物理才是核心重點，一旦拆開物理的很多空間和宇宙謎團，也許才會明白，怎樣才是真正的佛？

有個大德說：佛是最偉大的，因為他印證所有物理真相。

大哥我說，物理還未找到最後的宇宙論，等於愛因斯坦仍然找不到成功的統一場論，佛是暫時無法偉大起來的。

中觀理論講得真好：一切都是無自性不實在，任何事物都不會偉大，包括佛在內。

作為最貼身的物理，當然是超弦理論，幾乎所有的物理學家都公認，這種本來是二十一世紀的理論，不過是偶然在二十世紀出現而已，最迷人的地方是，超弦理論中有所謂混合弦，包括一個具有兩種振動型態的封閉弦：順時鐘和逆時鐘，前者存在於十次元空間，後者存在於二十六次元空間，真他媽的過癮之至。

而物理離不開數學，塵世中任何有情，物體物質的生生世世，緣散緣聚都不過是一連串的數學問題，恩怨情仇，際遇奇逢，不是緣而是數，現在的佛家，不過仍在第三維度空間，代數和三角幾何的初階，牛王頭時期而已。

智慧能放在胸臆嗎？

堅持的力量永遠比知識更重要！（莫奈）

各位看官，佛家的智慧，不妨看作形而上的智慧，或者是藝術家的天生質素，跟形而下的聰明古惑，醒目世界仔，上位手段，聞一知百，諸如此類的入世聰明，全部無關，是悟性嗎？形容不透徹，應該是悟性加想像力，再加天馬行空的性格，缺一不可！

但這種不可思議的力量，一是天賦，二是意志，等於任督兩脈突然打開，靈感運氣一齊來，你不要也不成，禪宗的頓悟，並非得個講字。

佛家所謂發心、發願，不是要你老兄豎起三隻手指就算！

老師講得非常到題：學佛乃大丈夫事，非公侯將相所能為之！

任何行業和各門各道，文學、運動、藝術都有這種異能人，而且往往初時朦朦似隻豬，但是鍥而不捨，像有個老友追校花，他媽的，不俊、無錢、無樓只有單車，勝在還似個男人，性能力不詳，但是恒心拚勁大超班，終於把校花變為家花，吹漲！

所以有些學佛的朋友對我說：沒有書本緣，佛經一會兒似德文，又似拉丁文，連雞腸也不是，怎生是好？

大哥我說：也是一句話，安心立命，鍥而不捨，等開竅！

南老師說過開竅的真實故事，一個民初時在北京海淀區挑著擔子替人剃頭，又是發願的修行人，文化程度不高，根本讀不懂佛經，但是勝在死纏爛打，像韋小寶追阿珂，上天入地，小喇叭，非追到不可！

這位剃頭小哥在擔子裏放著經書，閑時一字一字讀，工作時請教客人，終於有一朝突然開竅，不懂的佛經像前世唸過的文章，還寫得出不錯的詩文！

這樣的實例也發生在大哥我身上，早年馬騮時期喜歡寫現代詩，但尋章摘句，嘔心瀝血，便祕三五日，才寫出十幾行和徐志摩，雪萊，拜倫差不多的詩句，如是堅持十年八載，媽媽mia，突然靈光一閃，詩句順手拈來，如晨早拿牙擦面巾。

那時剛好有個副刊日登一詩，大哥我足足寫了八年，年中無休，有時一口氣連寫十首，連想都不需要，驚未？

所以敬告各位修佛的朋友，既然發了大願，就得堅守承諾，願力不可思議，果報亦不可思議！

甚麼是福報？

唯識老師說：世間有三種福報，都是大爺大姐累劫累積下來的業報成績，瑜伽師地論說的白子黑子，白子多於黑子，善業多於惡業，閻王兄弟打打算盤，好吧，讓你老兄上去度過七八十年的短假期再說！

第一種是天人福報，長時期可以享榮華富貴，出將入相，上與雲齊，皆因整年每月，飛來飛去，早晨巴黎鐵塔下飲咖啡，黃昏到摩納哥賭兩手之餘，聽聽女高音唱鄉村與騎士，明天買十個八個香奈兒手袋分贈親友戚友！嫌上個月買回來的亞士頓馬田過時了嗎？小喇叭，拖去後花園一把火燒了算數。

但福報盡時，天人五衰，身體健康，時窮勢絀，好像坐上跳樓機，昇你大哥上十五樓，下降時突然機器失靈，慘過死，有個私家醫院的醫生朋友，見慣這些沒有花冠花環，坐在輪椅，吊個尿袋在身體的天人，享福作業太盡，喊得一句句！

第二種是普通人的福報，一生平平安安，安分守己，家庭嗎，家有一虎妻，兒女是小小兔，貴賤固不足記，就這樣，無災無難到終點。

老師說，人世間這類人占了最多數，他們是林中草、湖邊石。閑時節，和風一起靜聽鳥語花動，且看湖水平面偶掀漩渦，管他人間何世。

只有第三種人的福報最難測度。

大爺我認識幾個老師，都嚐過單身，一茅舍，一油燈，一大疊經書在山上，滿地亂草殘枝，風來不隨美夢，滾雷卻似身外魔咒，但老師說，這才是享受，才是福報，而且是大福報！

思想家和藝術家，特別是深入世間宇宙的人，便是有大福報，大多數人，都是連去死也恐怕抽不出時間，早晨一頭鑽進職業或自己事業，黃昏後回來，咬飯，洗白白，陪老虎看慘兮兮的劇集，有個供足十八年樓的銀行經理，當然不是銀行家，他對我說，最喜歡看的劇集，是 walking dead，最羨慕的那些通山閑著走的喪屍，間中還可以食食人，乖乖，真有福氣！

尤其是希望利用自己智慧求突破的人，多數下一生做個科學家，天文或物理學家，正是有如此空閑的時間，才能修練自己，越是對自己有所要求，下一生越容易有如此福報，當然很少很少人希望做隻貓，做隻狗，做個過癮情人！

有大福報的人，自然也包括健康，大病小病都少，有個九十五歲的網球朋友還可以打雙打，他是一生閑人，不愁病，不愁經濟，不愁愛情，老婆早死，再娶，又早死，再娶。和他說話總是笑嘻嘻！

有次他摸著我的頭說話：這生最痛苦的是，看著所愛的人，一個一個早死！

唉，無論是哪種福報，都不過是有漏的人間福報！

甚麼是「重業輕報」

其實輕報或重報，都視乎從任何角度起觀，安祥而死，不等於是好人，必定也有所謂壞人，相反橫死也是一樣，歸咎於運氣，可能還實在些。

早些年，在北京做沒本錢放在枱面的買賣時，和佛教協會的朋友談起這句名言，他們開始時說：是重孽輕報。

仗著有靠山在場，也不大理會這類只不過是兩條平衡國家其中之一的石柱，所以輕飄飄，以三司審王魁的語氣說：錯了，是重業輕報，把業作為孽，即落雙邊，等於謗佛。

本後半生已不喜歡和學佛修佛的朋友，滿面香油正氣，一本正經，聖賢腐儒，臭豆腐，並無半點肉味地談神論佛，修佛有時好比做生意，一堆生意人同枱食飯，講來講去，都是如何偷天換日，摸魚擒狗，十兩本錢做十億買賣，酸氣沖天。

佛家談起輕報，一定是歸功於誠心向佛，勤修佛法，其實佛法也就是世俗法，善念惡念，都是對等的，是瑜伽師地論所說的白子黑子。

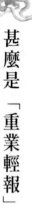

用物理學的看法，大家的體內都是一個宇宙，任何物質的本質都是原子，原子又是由外圍的電子環繞著的原子核造成的，原子核的本身是帶有正電荷的質子，和帶電中性的中子，而質子和中子，又是由六種基本量子中的三種構成的。

最微妙的地方，是原子的本身幾乎是空的，等於一切色相色身，都近乎是空的，所以色不實在，空也不實在，廣義相對論說：空間可以扭曲，由於重力而改變形態，改變星辰的軌道位置，變易時空。

以前牛頓先生的絕對時間、絕對空間理論，不過是過時之說，等於傳統的佛教，皮裹沒有陽秋，只有棉花，以前儒家佛家，以至八十年代的物理大師，總認為宇宙有一種像電影星球大戰所講的原力，生命由它而來而歸，儒家指浩然之氣，大師稱之為：以太，或乙太。

物理學因立而破，根本就沒有這種能量。

其實每個有情，起的每一念都是星塵，一個緣起即是星紋，一個因緣而作的業都是一顆待緣的星星，重力來源由於自己，重力不分善惡，本來就沒有善惡，重力影響星星的層次和境界，用甚麼方式扭曲你老哥體內的時空正是自己，智慧和福德，以及任何發心動態，是主要的原因，不同形式的能量可以改變你的質量而並非際遇，物理空間沒有壞星賤星、靚星或適合人類的星之分。

所謂重業輕報，相反是重業重報，不分善業惡業，都是來自作業，中觀家有一句含意甚深的說話：善人作善業，惡人作惡業。

大哥我當年初讀中觀，不知其解，後來一點一滴，才知道積聚多世的善念，可以令體內的星星變成太陽，勝過任何形式的修行。

其實只有一句說話，堪為最標準的善善之言，是在《射雕英雄傳》，丘處機先生和成吉思汗的對話：

與善於人。

料已厭作人間語

蓋天下間最難，最煩擾的事，莫如是人與人之間的相處之道，即使是與君子之交，智識份子之交，一不稱心合意，翻枱推櫈，大罵山門，又有何出奇，更不必說與外表誠實，內裏古惑的小人相交！

我認識幾個出家又回家的朋友，出家因由是討厭在世俗言談中奔奔走走，以為出家可以清清淨淨，修讀經典，一則圖個解脫之道，明佛識道，好歹以後不再來這個越來越爛的地球混日子，他媽的，又要謀生，又要被諸式世事折磨，以為有個過癮的家庭，殊不知女不從，兒不孝，老虎越來越牙尖咀利，各位兄弟，十個家庭，起碼有七八個如是，怪不得早些年，有個老人家勸我，他說：你大哥一家都是乖人，老虎也是乖虎，最好人前人後，多扮些不乖的場面！

但不要以為值遁入空門就有好日子過，有位自己友，近年也受了菩薩戒，但是他一樣向我閑來訴苦，他說，裏面的人事更複雜，意氣之爭更多，雖然物質名氣，欲望和階級等等，理應全部拋棄，其實不然！

老師說得真好，大多數的廟宇，不過是聚居一羣和世俗相違，但又不離世俗的信眾而已，如果把世人分成三類，第一類是尋常百姓，第二類真正是像吾友蒲松齡大哥，自尋離世孤清，但求形以上的飄逸境界，第三類是走入宗教中，但仍離不開模擬人世的名利爭鬥！

其實在這一生，扮人扮鬼扮神仙菩薩，都無所謂，既為凡塵而生，又何妨為世俗而苦。以前還深信修佛修得好，從此不來人間，但越讀越明白，根本沒有可能。

不過終於學會一件事，做人起碼要做十分之一的諸葛亮，就是：大夢誰先覺？平生我自知！

各位哥哥小妹，想當年蒲松齡老弟，喜歡親狐近鬼，無非是看透世態夏寒冬熱，未必是常與靈異中人相聚，一般朋友妹妹，相信也不能經常進入如此境界，也無謂挑燈練膽，自己嚇死自己。

況且，靈界的空間，不是每個人都會接觸眼見，我家娘子跳跳虎就是一例，肯定她終身和靈異無緣，原因是這位來自天上的廚娘，氣場太剛勁，所以各位看官家中有諸如此類的怪事發生，不妨和大哥我商談商談，把原隻跳跳虎租借幾日，保證府上從此人畜平安，租金相宜，童叟無欺！

南人說鬼，北人說狐，有個早年的朋友對我講起在北方遇狐的故事，北上營商，在賓館一連三晚都夢到或迷茫中看見，有個露出尾巴的女孩，坐在床邊又沒有惡意，本人也不好意思問他和狐姐姐是否來了一兩手，真可惜。

這位朋友還告訴我七、八歲時在澳門，當時七十年代的澳門無非等於一個小小市鎮，他一個人清晨坐在門口，看見遠處有隊彷彿穿上大戲服裝的人馬巡行過來，無聲無息，他記得那隊人的服裝是無縫的，經過他身邊，有個人摸摸他的頭頂，也不見他動口說話，但聽到聲音，意思是：我們四百年才出巡一次，讓你看見，你真有福氣！

幾十年過去，這位朋友也許入選了出巡的隊伍，做了天兵天將，本人一直很嚮往這個出巡的場面，因為大爺我相信有不同的空間，加上霍金先生他說，穿梭時空是有可能的，但是無法以物質之身回到過去！

所以約好時有奇想的吾家乖鼠女兒，今生完結之後，說甚麼也要去看看五、六百年前的凡間！

平生不作虧心事

不會怕夜半鬼敲門嗎？這句話真夠笑話。

鬼和人誰最可怕一些？這是第二句笑話。

其實每一個人都限制於心理和生理，毫無理念可尋，各位兄臺莫為傳統的壞鬼書生所累。

有些傻蛋說法，教人在床邊或枕畔放本聖經或《金剛經》，說是可以趕鬼，要不然攬著個十字架也同樣收效，又是一個天大笑話，南老師說得好，你把《金剛經》的意義讀得通透，自然不怕鬼來搞你。說不定你還可以大開中門，像松齡大哥筆下的書生，請呀請呀，今晚月明如鏡，正可促膝談心！各位，你有此膽量嗎？

佛教說大部分的所謂鬼，不過是你我百年後必經的過程，本人起碼有幾十年專修靈異的經驗，有很多個個案都發生在親人身上，不過係多數有所感而無所見，他們不外是暫居住另一空間的有情。

有一部叫作《第六感》的電影，講一個可以常見死去的亡靈，由開始的害怕，到終於知道他們其實想和他溝通，他們亦渴望友情和親切地與有情相處，人世間的眾生何嘗不如此想望。

人與人的交流、歸屬、埋堆，跟每個人體內的磁場很有聯繫，簡單說：每個人的一生多生其實都在做業，無論是善業或惡業，都會營做出很個人性的磁場，這種磁場所產生的力量，對任何事物有極大的牽引，特別是有歸屬性的事物，大至山川河嶽，以至不可見的光子，量子，甚至極微的玻色子，本人認為，人之逝去，不外是轉為這種物質而已。

有幾個因為靈異而產生的設想，願意和各路英雄分享：

一、人與靈界中人各有業力，不能干擾對方的命途伸展，等於我們在這個大千世界，誰也不能打亂對方的生活方式和節奏，偶然路過，對望一眼，微笑打個招呼就算，不必計較善意或惡意。

二、由於他們覺得和你頗有面緣，想和你溝通，如果你不想這種交友方式，不理會就是，但是碰到你正處於磁場較弱的時候，是否有尷尬情形發生，甚至要找個中間人幫拖解結，真的要看兩方的造化，佛家的說法，是化解，不能捉，也不能打散對方，各有各的業力，你憑甚麼可以加害對方？

三、希望依附你的力量，這種情形很多時發生在修行人身上，很多修行的朋友，都會聽到或感覺他們在周圍，以一種善意的方式存在，本人在發誓讀通所有大經之前，以前長年累月，都會覺得很無助，不論是出外做生意也好，在家也好，如果吾家老虎隨行跟身還好，否則多半驚餐死，一直到了懂得尊師重道，可以和菩薩吹吹水的級數，試過和這些沒有形體的大哥大姊講數，我說：大家想向我訴訴苦，當然可以，但請不要在我身上壓來壓去，我是右側而睡的，請以後在我的右耳說話好了，說來真奇怪，此事天打雷劈，絕非說謊，之後我的右耳常常在天亮前後，聽到一連串無法形容的聲音，像錄下來加快了的說話，也許是約我飲早茶或看電影，甚至是通知我買六合彩或哪一隊英超球隊會成為今年冠軍，總之非常心領，一字曰之是：謝。

對人對物，對任何空間的來者，總懷著與善的謝意，自然可以和任何形式的緣分相處。

歲月如爐

想進一步修深層的佛理，必須在各科知識或不同的人生際遇中尋求，否則亦不會要求上乘的師尊，必須通識五明，現今的所謂神僧大師，自然懂另外一種五明：財路明。包裝明。揀擇何等大施主，更明。吹噓明。佛理，不太明。

物理學和佛學一脈相承，這幾年修唯識、中觀，又跳入物理世界，越來越覺得原來幾好玩，各位老兄老妹不可不知，很多知識，包括運動，若是你少爺少姐一開頭覺得好玩，慢慢就有可能鍥而不捨。

靠嚇，靠利誘，色誘，借地獄天堂，諸如此類的傳法，早就不靠譜，out 咗好叉耐啦。

最近讀了一本物理學，其中有段內容，可以為中觀作為注腳：

物理世界和有情人間有兩種實相，是假真空（False vacuum）表面上社會、家庭、眾生都是表面平衡，我你之間，國國之間，客客氣氣，我不抽你的痛腳，你也不大力握我昨晚爬牆回家，被老虎咬傷了的右手，大家坐下來，咬隻蛋煎糯米雞，兄弟，此乃外在皮相，一有風吹草動，影響彼此情緒，他媽的，金融風暴，彼此互射火箭核子武器，大開打有之，割對方的頭亦有可能。

真真空（True vacuum）任何眾生事物都具備變化超越的因素，一層層極端不穩定，一等到足夠因素，便產生上述的對稱破壞（Symmetry breaking）之後又回復表面上的對稱狀態（Symmetry）。

換言之，立立破破，立是假象，破才是另類逆方式的建設，假真空和真真空，就是塵世實相，我相，人相，眾生相，甚至修行過程，亦無非如是。

雙修和九乘次第

各位老兄少姐，密宗的雙修，一直是宗教界的大問題，是條三角頭的毒蛇，其實無論是禪宗或唯識有宗，對男女之間的情色忌諱得很，比諸紅蓮寺只做不講，又差了一大截，其實淫邪的標準，只繫於所謂佛門大德，連想想和某部分動一動都算犯了罪？真他媽的莫名其妙。

大哥我讀過幾本修法的祕笈，說在修法途中，只要有和狐狸的非分之想，動了情色妄念，登時走火入魔，話知你修行千年，還你依然人棍之身，嚇得我。

早年在北京和某位高僧講笑，當然大哥我笑得特別抵死，我說：不如替真正出家學佛的和尚哥哥剃頭時，順便三下五落二，去了小弟弟，省得參禪時胡思亂想。

雍正皇帝做四阿哥時的住家，叫雍和宮，閑人當然不能內進，相信今時今日也拒絕參觀，叨銀兩之光，大哥我可是和當年的六扇門，捕快血滴子，大內密探，都是哥兒倆相稱，自是不准去的地方都可以去，故宮某些妃嬪的住所據說很多飄飄，打死也不去，好，去雍和宮，看裏面的雙身雕像。

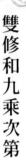

看了一個上午，他媽的，沒有表情，沒有身型，比日本AV差多了，修雙身肯定是密宗修法其中一種，但是否像某些顯宗，特別是唯識中人說得如此淫邪不堪，成了很多個公案。

南老師說得很中肯，他說：批評人家可以，但請先摸清楚對方的底子。甚麼是迷信？你老哥不知道求甚麼學甚麼，一頭插落泥澤中，這就是迷信，跟亂批評人家一樣，盲人落海摸鯊魚，遇到對方反擊，該死。

我告訴想歸依密宗的朋友，有兩個大難題先要搞清楚，無論是黃教格魯派，紅教寧瑪派，入門第一要懂得找到善知識，吾友談老師說，弟子要觀察老師兩年，同樣老師揀徒弟，也要觀其言察其行兩年，有可能嗎？

第二，不要說九乘次第，真正的密宗，基礎功夫要紮得很深，一層一次第地學習上去，不會在三、四年就可以昇呢到上師，你有這種時間嗎？

當然有些密宗門派，不要說上師，你老哥只要身邊大堆臭錢，話知你肥頭大耳，好極了，有氣派，做班禪正好，附送給你吹法螺打鑼鼓的小喇嘛，大哥我有幾個忽然做了班禪活佛的朋友，經常給大哥來電話說：要不要跟我們去修雙身？

正是：莫言寺門深處好修行，自是到處楊梅一樣花。

以手指月，並非拈花

佛家有一本很名牌的書，《指月錄》，集中極多禪師和大德曰金句禪機，是學佛者，特別是修行初階的大哥，必須放在枕畔的經典好書，因為不單是佛門金句，而且充滿如何在人生找尋正途的，智慧！

指月也者，以月為智慧，若有人問月在哪裏，被問者以手指月，ＯＫ，有兩種人，第一種會以為舉高的手臂是月，另一種大哥知道指著的月亮才是智慧！

菩薩行修六度波羅蜜，波羅蜜也就是，老友，渡過人生煩惱之河，到岸啦！

裏面有一項必修科，是般若，指智慧，指由形而下到形而上的智慧，經常有朋友問我，小喇叭，甚麼是形而上？我說，對啦，他媽的是用來直接罵你討厭和憎恨的人，是形而下的說法，但同樣真心讚一個朋友，他媽的你大哥真了不起，就是形而上的意思，難以在普通層面了解，似悟非悟那種境界，就是形而上，總之你小哥沒有這種根器，教識你要極高指數，在後天也很難培養出來，不如銀幕下、銀幕上，去看電影算啦！

修智慧的方法有三種，第一，文字，簡單直接由書本文化增值，書中自有黃金屋，雖然俗套一點，但讀書要讀得通透，但通透兩個字已經是大有難度，絕多數的讀書人，都是水過鴨背，但求過癮，不求甚解，讀萬卷書不過是食一份腿蛋治烘底，加奶茶一杯，有條鬆用？由書本增值到了另一個境界，的確比有錢的大爺更豪氣。

第二，實相，人生萬態，幻相即實相，不喜歡看書的小哥，也可以從不同的媒介吸收，讀書人，大嚿咩？有慧根的人，從漫畫，電影，甚至一本成人雜誌都可以找到悟入之門，以前入定的出家人，坐定定，有錢剩，後面有個師兄拿著大棍，看你一有異動，一棍敲落去，可能就此令你頓悟，世間法中，看見雜誌其中一頁，乖乖，裏面的妖精白淨光滑，正當口水鼻涕流一地，冷不防背後黃面婆娘，一記裂頭掌，馬上由痛而驚，而覺，阿彌陀佛，妖精即小三，突然頓悟也未可定。

第三，觀照，將身投入，他媽的，有人的地方，就是江湖，從際遇和大半生的經歷，打打殺殺幾十寒暑，無非鞋一對，身穿西裝一套，銀庫帶不走，情愛不隨身，踏遍江湖紅樓水寨，枉留虛名一個，一悟之下，照樣可以修到智慧！

三藏老師沒有揀錯了經典

有朋友問，為甚麼一定要讀：瑜伽師地論？

因為這本由唐老三大哥和幾個徒弟在天竺帶回來的經書，從此給中國佛教貫注新的體能，令之前身弱欠補的佛教立了一個里程碑，佛家的基礎除了經典佛理，還需要修定，可以說不會修正，等於學佛修行白費，也等於運動員沒有體能，他媽的，運動個屁。

師地屬於心瑜伽部分，修行有成的瑜伽師，然後改珈為伽，裏面告訴修行人怎樣修定，修觀想，得止，入三摩地，空，無想，無願，得正定。

無論你老兄是唯識或中觀或密宗行人，入定參禪是你一生甚至多生多劫的必修基礎，密宗的菩提道次第廣論，同樣脫胎於師地論，同樣講五乘，所以修佛的老友老師不知道這本書，或不懂裏面的法理，真是很多他媽媽跟尾！

瑜伽師地論根本是一本佛家基礎初階，十七地，每一地都是佛家一個定論的過程，由十三地聲聞地，十四地緣覺地，十五地菩薩地，全書作為後世所有大師和菩薩的經典始源，但居然還有宗教中人，認為是本邪門的書，真莫名其妙。

同時得定而進入的空性，是境界上的內證空性，絕對不同有宗和空宗佛理上的所謂：空。是完全不同的！

師地論由人乘，天乘，入佛家聲聞地的小乖起講，沿心理，情理漸進，如何修初定，觀，止，大定，還告訴修行人甚麼是參禪，今時今日的老吹大師，動不動以嚇為戒，結果修行人修成一塊與世隔絕的石頭。

其實大乘也不能離小向大，沒有小乘的基礎，還可以大到甚麼地方？

進入禪味

多想想漂亮動人的回憶，拖著一段段轟烈或恬靜走入長街的故事，你自然就可以定在那裏，看著時空，亂石崩雲，於是你開始去觀，由童時的額角，在踢球和奔跑的歲月，你的心臟由慢而快，不需要一個個蟲洞，你突然回到喜歡追逐和欣賞女孩子的季節，坐在公園舖滿楓葉的長椅右邊，咦，這是香港或臺灣呢，然後你出了禪定，又回來了！

禪坐時，有一首首曾經伴著你起舞的音樂多好，你正在圓舞，每一轉圈，都是某一生一世關懷著對方的面孔，這麼多的眼神，其實都是來自同緣起，同一緣緣，同一增上緣，千山萬水，走過億萬劫數，你以為就如此完結嗎？不是的，佛不是這樣說的，這些季節裏，不窮不盡的故事，沒有找到一個境界是不能停下來的，像你在圓舞時，音樂沒有休止，一轉身另一生一世了！

洞之可住，猶之豪宅

這一代的人類，最多一萬幾千年歷史，話之甚麼古文明傳說，以諾的巨人族，希臘的慌失失諸神，大洪水時期，亞特蘭提斯，總之每段歷史起頭，大概都是由洞穴開始。

大哥很多年前，就已經不相信達爾文老哥的進化論，他老哥最多可以去動物園，研究猩猩馬騮是否有上床的技巧，極其量他證明了人猿慢慢由喜歡海變了喜歡住洞穴，把洞穴原居民的動物，用非法的手段趕出地頭，他媽的非常沒有義氣，當然好過美國佬對印第安人一些。

九十年代，在北京公幹，南老師一個弟子帶我拜訪來自菲律賓的畫家，大修行人，移居這裏，常客不見，埋頭埋腦畫與佛有關的圖像，最多是羅漢，也有飛來飛去的天人天女，敦煌式絲帶飄來飄去那種，我說：天女還要穿衣服？

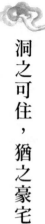

他老兄一愕：為甚麼不穿衣服？

我說：修行人還有狐狸穿不穿衣服的觀念嗎？你的兄弟同行，義大利佬，米蓋朗基羅，早就畫裸體的天使啦，好看呀。

他說：給甚麼人看？

我說：甚麼人都可以呀，菩薩、如來、尋常人，看了修不成佛嗎？

於是和他撫掌大笑，這是生平一件很過癮的敘面。

他還有一幅很大的赤壁，壁上很多掛在外面的屋子，有些是原始的洞穴，茅屋，有些是漂亮的獨立屋，居然還有不同型式的寺廟，中式，泰式，裏外分明，密密麻麻，下面是紅色的大海，海上有很多剛剛刷牙洗面，等吃早餐的夜叉哥哥，雲上是一列笑得像卡通貓，亞Tom的菩薩，彌勒校長也在上面，有個消化不良的肚腩。

問他：有甚麼含義？

他說：家呀，寺廟也是家呀！出了那個家，還有這個家呀，出家人有特權，一條龍做菩薩嗎？

這個修行畫家真不賴，有斤兩，他是曹操的族系子孫，姓夏侯。

我提議：兄弟，不妨畫得過癮些，如此，如此，如此，如此。

當下又笑到翢地。

幾十年過去，不知他還在畫羅漢嗎？還是繼續畫一堆不穿衣服，有尾的狐狸？

淫邪豈如人心之可畏

先說禪門一個小故事：

某個婆婆供養一位禪修的和尚，一段日子後，婆婆想知道小和尚修到甚麼程度，於是找來一個漂亮的女孩試試他，夜深時，摸上門，投懷送抱，又攬又咬，但是小和尚不為所動，坐定定，似碌木，可能又想又不想，終於無事發生！

婆婆當然知道事情由頭到尾，反應是把小和尚大棍打走，他媽的，浪費飲食，供養如此一個僧棍。

各位，知道原因是甚麼嗎？

原因是修行是修一顆不生不滅的心，而且在塵世生活起修，飲食男女，貪，嗔，癡，不能離不能棄，全部是生理和心理現象，借幻而修，借甚麼而修也好，即使你老兄剃度入廟，守足一世戒律，做到主持又如何？塵世與你無緣，下一生不來了嗎？梵行已斷，生死已了，他媽的，可以修到了阿羅漢的級數嗎？大菩薩尚且要來世再修，修行哪能離開人間虛幻事！

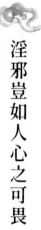

不得世俗諦，即不得第一義，不得第一義，不得見如來。

連七情六慾都可以一刀割得乾淨，以此作為施法授法，如此有我執我見的，真是神僧級數，神經有問題的高僧，不如把金庸先生的笑傲江湖搬入寺裏，列為必修經典，特別是鼓勵徒眾熟讀《葵花寶典》，自宮之後，不能淫邪，個個成為東方不敗，豈不快哉！

所謂淫，已經是所謂正教的第一戒律，美其名是捍衛修行者的心靈，由教會到中國的僧團，由中世紀開始到現在，特別是在教會，經常搞得烏煙瘴氣，由女性到小童，性醜聞不斷，中國的神僧何嘗不然，納妾娶妻，晚上戴了假髮上怡紅院，怪不得釋迦老師預言這幾百年是佛法的末世時期。

其實一有所謂戒律標準，已經有我執我見，入於邊說，當然入寺修行，不能沒有規矩，要不然，荷花大少大哥我，又說早餐要ucc咖啡加煎蛋，下午茶之後要外出打兩個鐘網球，私人房間要裝六十八寸的電視，方便師兄弟齊齊欣賞AV，喃無極品菩薩。

大哥我讀了三十年唯識和中觀，仍然搞不清楚淫邪在佛家中的標準，如果說：因淫邪而生起仇恨，心魔，甚至是產生孽障之類，在有為法和形而下的世間是很難說得清楚的，社會有法律，在佛法有嗎？最多說淫心會防礙修法，特別是在禪修期間，但那只是老師說法，但只要經典是人身寫出來的，一定有我見，不能百分百作準，所以釋迦老說：傳道幾十年，從來沒說過佛法。

一日搞不清楚某些戒律的定義，便只有由神僧或大德的所謂傳法，大哥我幾個盲中中拜佛的朋友，不但不敢正眼望漂亮的狐狸，泳池沙灘更不能去，夏天連行出家門都擔心看見穿短褲的女人，一看之下，肯定淫心大起，修個屁佛！

我說，淫邪也就很多時是心理和生理上的問題，怎樣避都避不了，唸佛和借對菩薩的尊敬心，其實也是疏導法，但不等於借菩薩之力壓制生理和心理的意念，兄弟，可以壓制多少次？而且真正懂修行的人，當然知道：心外無法，不如靠自己用正常的途徑節制。

中世紀的教會常常用神經錯亂，眼盲，絕症，注定入地獄，之類的講法教化教眾，其實也是一個嚇字，搞得很多青少年連自己的生殖器都不敢碰。

某些地方還保存替女孩割去陰蒂的ＰＫ傳統，想不到我們的神僧，還進了一大步，早懂得用口頭替信徒去勢，可敬可敬！

不修而修，唯一淨土

早些時已經有朋友問起：根器不夠，文字修養不足，例如大媽嬸嬸，有個虔誠向佛的心，但很難要她們通徹佛理，如何是好？

說簡單而其實不簡單，可以入淨土法門呀，阿彌陀佛大爺說得很爽：凡一心不亂，唸我名者，當往生極樂淨土。

要注意的是，一心不亂，和往生淨土！

淨土宗同樣要修止觀，彌陀十八觀，同樣是：修散亂之心為一心。

各位以為是容易做到的事嗎？

告訴大家，越是博學多才，越是聰明機警的人越難做到！

魯迅先生、胡適先生、黃炎培先生都是大學者大文人，論文小說是一流作品，大哥我看過他們寫的新詩，給他們四個字：不知所謂！

唸經是修心法門，專心唸佛而能夠到一心的境界，難矣哉，反而婆婆嬸嬸，家事放下，自知時日不多，再無世俗瑣事牽掛，能做到不亂之心，有何出奇？甚至臨終之際，一口氣提不上來，有其他信眾助唸，他媽的，阿爾陀佛大哥大大，想扮聾都怕很難！

還有往生了淨土也不等於成佛或菩薩，只不過換過舒適的空間，讓大家繼續修行而已！

耶穌先生的弟子彼得哥哥，在他的《使徒行傳》已說過他的老師，曾經在印度學了十三年宗教。

耶穌先生說：信我者得永生。

又是往生西方極樂世界！

大家認為相似嗎？

請發善心，別妄論輪迴

自有佛家和其他宗教以來，輪迴論是不可少的，而輪迴也是實有的，只不過是廣義的輪迴，抑或是狹義輪迴？他媽的，說人做了惡事之後會淪為畜牲道，真是妄言恫嚇，蓋今時今日，人裏面的畜牲何其多，牠們是畜牲輪迴過來的？還是上生做了惡事，死後買通了閻羅王，甚至是偷渡奈河橋，乘坐大飛回到人間，繼續作奸犯罪？

早些年在北京，和幾個佛家大德高手，談過輪迴的問題，我說：要變為畜牲也要分門別類呀，變蟲變蟻，變大象或穿山甲，是不是會有個批判程序？佛家是不講上帝和主宰的，那麼誰來作主？

神僧：阿彌陀佛，當然是信佛的人心作主。

我說：不通，那麼不信佛的人，就不會變畜牲啦！

神僧說：會變的，只要他們做了惡事，自然會變！

我說：更不通，犯了甚麼類型的惡事才變？

神僧說：不知道，就是會變，菩薩和如來是這樣說的！

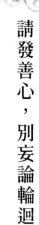

我說：別他媽的拉菩薩如來落水啦，你把唯識、瑜伽師地論、中觀四論拿一段人會輪迴做豬狗的說法來看看，白白淨的肥豬，和比某些人更忠心善良的狗，較之現今畜牲不如的人類可愛多了！

結果神僧大德面紅面綠，如果不是礙著公安副部長在場，相信一記如來神掌，登時把大哥我踢入奈河之橋。

唉，各位看官請打開報紙，看看電視新聞，真是畜牲遍地，比畜牲更畜牲，真希望這些人類中的畜牲，同時同刻走入某些傳統的畜道輪迴，那時，塵世才是真正的佛土。

但是，有可能嗎？

妄想多如氣球，請看它們飛走

另一堆朋友問：他們在修的期間，在禪坐的時候，很多念頭，包括貪、嗔、癡、情慾、愛欲、仇恨，全部向他們湧現，應該如何對付。

我說沒有問題呀，來吧，緣起性空，反正都是不實在和無自性，真的也好，只是一堆空想也好，任他來來往往好了，老師常說：大風中掃落葉，你理它作甚？

有些法師的教法我一直不同意，是要子弟如何理智地克制，要弟子避開貪、嗔、癡，唸經加持，甚至是等老師灌頂，十條街可以八秒跑完，避煩惱猶如避大耳窿，活在當下好過睇脫衣舞，諸如此類。

其實只要你在人間世，所有世人能遇到的煩惱，悲歡離合，富，窮，病，通，各位兄弟，你是注定逃不開也停不了的，修佛學佛也者，不外是你自己調整你的處世心態而已，殺死我也不信，你老哥說已修起十幾把拙火，又起了靈蛇，又說本尊晚晚在你夢中現身，四禪八定到了交更時分，下一站到了彌勒菩薩講瑜伽師地論那個兜率天，做個插班生，閑時節和老師玩玩德州撲克。

早前一陣聽一位法師說他的快樂指數經某國儀器測驗過，證明爆曬燈，我心裏說：那次我家老虎答應嫁給我，以及最近我贏了曼聯對西布朗五比五波贍，二百五十倍，我的快樂指數更厲害，可以吹爆土耳其所有昇空的氣球。

我心中說：師父，請你脫卻佛袍重新投入人世，嚐盡人間的苦難煩惱，歷遍生理心理的考驗，經過無數的呼救無門，無語問天罵天的日子，那時你還快樂起來嗎？

只有你覺得煩惱原是清風掠肩過，萬種情懷，莫非瀑布眼前下，你到了這個階段，連菩薩也向你合什。

只有一個實相，緣聚緣散，即空

人間世中，我們常聽過佛家說實相，實相非相，那麼甚麼才算是實相？

老師說，人間所謂的實相，都是離不開因緣際遇，很多條件合成所生，當然無自性可言，當然不實在，隨緣而成，隨緣而散，當体即空！

很多時看人生事物的表面，這個家庭很快樂呀！這個人很善良健康呀，菸酒不進，邪念不生。世界很恬靜呀，沒有恐怖份子，也沒有割頭黨，好好好！

這不過是表面實相，內裏呢，永遠跟看天下大位變動，逐漸變得不快樂，不幸福，不單割頭，慢火燒也好，善惡互換，宇宙亦復如是，常在超越和變動之中，這就是空，就是實相，人生所有的有為法如是，形而上的無為法，何嘗不如此！

如果說妙有，自然會有妙無，落了佛家不同意的兩邊，如果是幻有，又有幻無，更加搞到一頭煙，說無明煩惱可用佛法抹乾淨？他媽的，世界文明也好，環境也好，大氣候也好，只會越來越複雜，善惡越來越難明，你大哥用甚麼佛法除去污染？

修行也者，不外是離煩去苦，野心和愛心大些想做個普渡救人的菩薩，事事相信用自己的智慧，就能夠看穿不斷變化的世情？各位大爺，本身可以儲存幾多可以和外境周旋的智慧？

我總是奉勸有志修行的朋友，首先要搞清楚佛法最基礎的本質，甚麼才是真正的所謂空？那麼你小弟在甚麼地方去修，從煩惱，從繁華享受，苦難舒適中，去起修都可以！起碼不會走錯路！

老師講得好，修佛學佛當然很不容易，慘過每年考十個大考加幾百個突擊測驗！但是應該越來越生活得更積極，和心境明朗去面對餘生，以及不斷不常的來世！否則不如不修不學，做個凡夫俗子好啦！

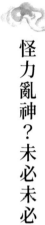

怪力亂神？未必未必

怪力亂神？鬼神玄妙之門，問題不是你信也不信，而是該從哪一個角度看之，大多數信有的人都不是從較科學的看法出發，本人從小就開始有所感但極小極小會看見，所感而無所見，當然很恐懼，這種現象，一直到了本人真正領會所謂修行之道，同時在學識領域涉獵較廣以後，才稍微大膽了幾公分，而最關鍵是很偶然看到一個科學性的電視節目，內容是，南加州大學的學生和教授，通過一項實驗，發現在這個我們所居住生存的物質世界之外，有另一個反物質的世界存在，而最妙不可言的是，這個反物質世界，同樣也有它的星系天河，自始以後，乾脆從物理學和天文學的角度切人我相信的宗教，有幾個老師朋友一直影響我對鬼神玄妙之說，其實只要你放開胸襟，多容納些這方面的見聞學識，凡事不去想不可解的理由，特別是現今資訊先進到你只要打開電腦或手機，一百幾十年的古靈精怪，正路或傳聞，從學科常識到天外有天，甚至連外星人的emails，大概都可能找到。

幾乎百分之九十修止觀的朋友，到了某個程度都會產生匪夷所思的感覺，他們問我該如何處置，其實我們常常聽見甚麼走火入魔，南老師說是入磨，是你自已的自我折磨，或是磨練也說得通，所以我對他們說：如果你覺得不安，在你打坐時，找兩三個家人坐在旁邊，作為你的護法，更容易的是，聆聽靈修的音樂打坐，是我認為最安全的禪定方式，每個人不一定生下來就膽大包天，相信很多人睡時還保持開著燈的習慣，而且各人體內的磁場時強時弱，學過止觀和靜坐的朋友最明白這一點，這就可以解釋，當你在每一天，每一小時，每一年，甚至每一生，你體內的磁場和所遇到，接觸的事物互為影響之下，發生牽制你多生的業力，回應的效果，其實，只是你肯在科學和物理學中吸收多一點智慧，也許可以在玄談鬼神之說中，找到一個合理解釋！

佈施並無上限

本人從來交朋結友，不分高低層次，自然更不分老少，但一向是少男多女，吾友曹雪芹先生說，男人是泥土做，所以臭得很，同意，雖然本人也可能是臭的，但修佛修得好，氣質甚至連血液的顏色，甚至體臭都會變呀，不信嗎？多看幾本經典就知道啦，如果你讀得懂的話！

有個認識了三、四十年的好朋友，修佛修得很用心很有級數，一層一層地修上去，連經文裏的咒語也力求精準，佛家的咒語，敬請力求精準，胡胡混混求其唸過去就算，等於永遠撥不通菩薩大哥的手機號碼，有啥用？

一般的譯音經咒，像《大悲咒》和《心經》，我看你大哥如果只照字面去讀，不但菩薩聽不懂，印度星哥哥也不懂，以為你想食沒有牛腩的咖喱！

這個好朋友常教信佛，但吸收不到佛家經義的朋友，簡單地去積存，慢慢養起一個善心，是用佈施，身佈施，心佈施，錢財，心態上的佈施！

看到任何人有需要，不單是金錢方面，幫助任何人，即使替人拉一下門方便出入，攙扶老人家，甚至人家派宣傳單張給你，你接過來給他一個微笑，已經是一個佈施，在心的儲存庫多了一隻小白兔。所以常常笑面迎人的大哥大妹，一定有大堆可以放生積善的小動物，何需去玩表面過癮的家家酒遊戲！

不是只付出才算佈施，謙虛地接受也是佈施呀！也不是要看清楚對方，是A貨，還是真有需要才決定佈施，有朋友問我，市面有很多假和尚，那應該佈施嗎？

他媽的，大千世界，任何佛法事物，全是緣起性空，真和尚和假和尚，看在修行人眼裏，就只是一個和尚，佈施也者，是修你的心，不是他的，你理他是真還是假？

你找到的心，不會只有一個

先說一個故事：

窮鬼書生上京，路中投棧，當然是無星秉有鬼的客店，之前有個老友教他，記住帶本《金剛經》，放在枕邊，鬼都怕了你。

五更時分，依然有鬼在他床前擠眉弄眼，書生發窮惡，他媽的，不給我面子，也要看在這本《金剛經》份上啦！

鬼說：你老弟根本不懂《金剛經》，怕你才怪！

書生一氣之下，連夜走佬回家，第二日後，遍找佛門神僧大德，終於搞清楚《金剛經》講乜叉物叉，一頭半個月，連自己也彷佛須菩提上了身，又重到有鬼的客棧投宿！

半夜三更，又是上次那隻鬼出來，依然跟他搗蛋，書生媽媽聲：我明明已經通通透透，知道《金剛經》說有相而離相，修行遠離六根十八界而修行。

笑得像一隻鬼的鬼說：你還帶著一堆心在身，怕你才怪！

各位修佛拜佛唸佛的弟妹，釋迦老師當日和堂弟亞難玩尋心遊戲，說明心不在內外左右和遠近，真正的心只是一顆真如自在的心，是自性心，是圓成實性，是養成菩提心之前的心。

中觀行人也承認這顆積聚千年，不生不滅，依然在超越中的心，這顆在形而上，難以言喻，需要言行道絕，不在四緣之內又不離四緣，遠離妄想，攀緣和起心動念，不要說找到，只需你老哥明白是甚麼心，恭喜恭喜，沿此路起修，離成佛上市又近了一大步啦！

善知識，少如迅猛龍

有朋友問如何去找善知識或好老師？最大問題是怎樣了解經書上的文字，不要說在香港和臺灣，文化創作的水準參差得很，鬼五馬六，早年做大學講師之時，一羣中文系和新聞系學生，他們的文章寫得絕對激死老師，以為入錯了小學課室，其他尋常百姓的筆下文章，內心文化，只怕可以縛出街市示眾。

不要說原來經文，就算一眾老師詮譯出來的佛家典籍，容易了解嗎？

可以求教於佛門大師嗎？相信也很難，大部分所謂法師，門面功夫，尋章摘句，六國封相，奧運會開幕式的場面漂亮得很，諸葛先生江東罵羣儒：口中千言，胸無一策。

真正有功夫的善知識，多數已經躲起來，欣賞窗外的路人，好過教一羣聽而不懂的馬騮。

此之所以沒有功夫，又要扮已經成佛的古怪法師，滿街通巷，比財務公司更懂招客上門。

有朋友問如何入靜坐初階？要怎樣觀想？甚麼是本尊？

我說：不要搞得太麻麻煩煩啦，他媽的，靜坐觀想，數呼吸氣息，氣脈明點，途徑很多，最方便是加入瑜伽班，名門正路，而且著件緊身背心，擺個誘人姿態，乖乖，把相片放上自己網站也過癮。

觀本尊？早年有個寧波車朋友和大哥我談本尊觀想，我問他：你看過本尊真貌嗎？

與其觀想寺中或畫中的本尊，不如打定主意，跟南老師作白骨觀，再退一百步，索性把你最喜歡的親人，家中老虎，孫女小白兔，半老徐娘外母乸，風騷未嫁的姨仔，個個都是本尊，大哥我以前的本尊是觀音姐姐，觀想了一段時期後，不成，因為觀音姐姐不是男女之身，乖乖隆的春，恐防有搞基之傾向，馬上打住改稱觀音契媽！

世事通明，人情練達，容易嗎？

上述的兩句，根本就是佛家五乘所講的第一乘，人乘，老師講得對，修佛學佛，連第一乘的底子都沒有，基本的心性都種植不好，他媽的，還修過屁佛，而且當下還是佛說的末法時期，各位不妨疊埋心水，做個不垢不淨，積存多些福德智慧，把一顆善心放在中央再說。

自認世事通明的人實在太多，特別是上了五、六十歲的叔叔嬸嬸，無論是否智識份子，總以為老子老娘，已經洞悉天下世界，凡塵因果，有了太上老君或女媧娘娘的身分，如果身邊多幾個臭錢，越發上天下地，惟我獨尊。

有朋友問我，人情練達是不是指胸襟廣闊，我說做人當然要講胸襟，但是時遷勢移，方寸之地塞滿幾百萬人，所以說做人要耍一點手段，擺明是海不濶、天不空，對付滿肚密圈，心理上有偏差的人，一味包容，可以嗎？

早年和真正修佛宏法的朋友對話，一百卷，十七地的瑜伽師地論，要讀懂不難，一地一地讀上去，裏面教的，幾乎全是定、觀、止、治心法門，而不是儒家的治世術語，更不是教放飛劍，他們的答覆是太忙，忙於監督徒眾唸佛誦經，而且書裏面的治心方法似懂不懂，與其如此，不如用自己的教法。

今日今時，甚麼地方、甚麼人都可能一樣，太忙，忙於自己的生存方式，連自己都沒有時間去了解，了解另一些階層的人，只怕更沒可能！

所以人與人只能用自己的方式生活，女兒乖鼠有幾個鼠友常常說，工作悶，生活悶，無論塵世的反派正派，如果天地有口，也會說同樣的說話！

單憑靜坐，可以減肥嗎？

也是答幾個修佛的朋友，他們問，可以離開凡間世俗去修佛嗎？

大哥我認為不成，當初所有菩薩和釋迦老師，就是破除人間一切煩惱無明，離苦得樂而生起佛法的，不見貪嗔癡，不見有六根、六塵、十八界，何來苦集滅道？

稍微懂得佛家知識的朋友，都知道有二諦的存在，第一個是世俗諦，短暫人生，世界幻有的現象，恩怨情仇都包羅在裏面，雖然一切無自性和不實在，但他媽的，都是個畢竟空的人生呀。

至於最殊勝的第一勝義諦，是形而上的，當因為從世俗諦昇華，增值，你老兄修行有成，升呢再上一級，斟破煩惱世情，有機會接近或進入涅槃啦，兄弟！

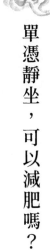

不依世俗諦，不得第一義。

你老兄以為找間茅舍靜室，名山大川，找個不那麼油頭粉面的方丈主持，替你剃光了頭，烙幾個洞洞，就此面對《大藏經》，死唸苦誦經中所謂佛法，然後大乘啊，小乘哦，菩薩來灌頂呀，如來佛跟我說偈呀，一隻烏龜十條尾啦，禪定中去了食豬柳蛋漢堡啦，我呸！

其實根本沒有甚麼叫作佛法，連釋迦老師也在《金剛經》講得清清楚楚，所謂佛法，即非佛法。

老師傳法幾十年，最後他說並沒有教過弟子甚麼佛法。佛法是因時而生，因時而滅的。

如果有一種所謂亙古不變的佛法，那不叫佛法，最多是一種說法，如果再憑這種說法，恫嚇信佛者，不遵從這種所謂佛法，就會入地獄，受無盡報應之類。那麼我也可以對他們說，無間地獄是為他們而設的，外表沙門，心非沙門，地藏哥哥說得真好！

只要你老哥還是一個人身，沒有從銀河系那邊來的證據，相信佛經也沒有大菩薩是來自甚麼星球的記載吧，總之，就是完整的一個凡人而已，何必替菩薩哥哥姐姐面上貼金，吹牛拍馬！

你有能力在這一生賺幾十億，你是富者財閥，沒能力但有才幹，請多作育英才，或者古靈精怪，裝佛弄鬼，亦無所謂善惡好壞，但求用甚麼手段辦法，思維和心念，先求渡此短暫一生而已！

這就是佛法！

言語道滅，文無以載

和修佛的朋友，談修行，他說佛的意旨和密意，豈非無言無說方為佛法的最深處，不可說不可說，天書無字。

我說對呀，此乃最高境界，行深般若波羅蜜，照見五蘊皆空，修無可修，登時就進入無劍勝有劍的層次。

佛經有個小故事，文殊師利罵專替釋迦老師說法記錄的亞難：他媽的，你老是替老師記錄佛法，你自己為甚麼不好好修佛？

亞難說：我把經文記下來，是開導的準備修佛的行者者呀。

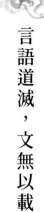

永明壽大師的《宗鏡錄》，是佛學必修經典之一，同樣把空宗、有宗、淨土宗、禪宗的經典要義，注釋考究得清清楚楚，有人問他為甚麼不專注自己的修為，宏揚自己的佛法。

他解釋，太多學佛的人佛智未開，必須沿階帶領他們，一步步入佛之門，不是每個人都是聞意即悟的利根者，不由言語文字，還有甚麼路可入？他的《宗鏡錄》，是為先通佛理，後做功夫的修行人所寫的。

此之所以大哥我常常痛罵，不修佛理的所謂宏法者，等於連師範學院的門口都沒進去，卻敢去做中學老師，沐猴而冠不足形容，沐豬差不多。

各位哥哥弟妹，看過第一集《功夫熊貓》嗎？功夫到了最高層面才能爭取天龍祕笈，熊貓哥哥由低學起，最後終於得到祕笈，打開一看，祕笈是空白的。

各位知道是甚麼意思嗎？

有文字有語言，必然有所偏差，但對於初學者，沒有文字和語言，可以嗎？

兩腳書櫝與人身牛

有慧無多聞，是不知實相，為兩腳書棲。《大智度論》

無聞無智慧，是謂人身牛。《龍樹菩薩》

己眼不開，但數他寶，智眼不發，焉辯教宗。《宗鏡錄》

各位信佛和預備學佛的兄弟妹妹，以上幾句說話，道盡古今中外三腳老鼠式修行人和借佛為名，混混油水，或扮似沙門，心非沙門的眾生相，即使有些身穿袈裟，一面佛相，名相名詞如數家珍，就是無聞教理，他媽的，正如永明壽老師所說：設有所修，皆成魔外之法。

有個好朋友專誠提大哥我，去讀幾篇以科學角度看因果的文章，其中最重要是說立心不仁，造業偏壞揀惡，會令身體內的細胞和產生負面變化，這種講法最多信一成，當然佛家的因果不昧，報應不爽，因對於千千萬萬患上絕症的有情，非常不公平，如果這是菩薩的論點，當下就應該一頓棍子打殺這個謬論滿口的菩薩！

同樣看過一篇很笑話的文字，說小心欠債不還，報應很慘，他媽的，不如把這篇奇文，印好一萬幾千張，放在放高利貸和非法財務公司的櫃臺，派給上來借錢的客仔，保證有效！

本人也有一個肯定成佛的辦法，連佛經教理都不必去修，無謂耗費時日，很簡單，只要日日拜佛，多拜不同的菩薩，乖乖不得了，成千上萬，各位朋友若要他們的名號，儘管聯絡本人，即時手機whatsapp或email奉上！

菩薩拜得多，等於對明星和AV女優欣賞到日以繼夜，必然入夢，然後每晚臨睡之前，在枕頭旁邊，備好狼牙棒，兩截棍或在漫展買回來的神刀怪劍，是時候在夢中，遇佛嚇佛，遇菩薩凶菩薩，蓋現今求成佛之道，稍稍用些武力或恐嚇手段，分分鐘可能搏到個一萬幾千年後的佛號，也未可定，而且佛經上大多數的菩薩哥哥姐姐，都是斯文中人，慈悲為懷，相信挨打受嚇也不會還手。

請各位準備成佛，不必留情客氣！

隨情謬解，包裝也可以成佛？

今時今日，信仰宗教可能成了一個潮流，做大小生意的，很多不同行業的朋友，都喜歡抓住一些宗教，好攀緣而上，因緣次第緣，緣緣增上緣，泡妞追狐更加要如此，有個號稱追狐聖手的朋友，遇上了目的物，馬上變身為牧師和神父的混合禮，只差沒有手持十字之架，走過去說：狐狸姐姐信上帝嗎？話題一打開，據他說，十有九中，於是狐皮狸皮兔皮，收集得很多。

其實很多宗教，當然包括佛教，早就是一門包裝的大生意，早兩個星期，有兩個大陸來的宗教朋友，和本人咬飯吹水，他們的買賣做得大，滿臉佛氣佛光，想來在名山大寺之內，穿起袈裟，掛起唸珠，光頭如明鏡高懸，眼神如汪洋巨盜，肯定嚇得一眾善信不敢討價還價，他們說香港娛樂界和地產界是佛家的大主顧，一尊不知道他們用甚麼咒語開光的佛像，閑閑地一百幾十萬，乖乖，如果帶他們到甚麼五臺山、普陀山，雞足山，進寺參觀時看文殊師利大哥穿過的鞋子，觀音姐姐留下的魚籃、地藏大爺的眼鏡，釋迦老師當年入舍衛大城乞討的飯鉢，豈不是貴不可言，發過天蓬元帥的豬頭？

其實很多地方的所謂大師，也好不了多少，《宗鏡錄》說：任何時候，都有這些不學無術，或者稍懂經典的神僧，經常順著自己的情緒聽聞，用自己那一套胡亂說法，果報如何？他們根本不懂！

老師形容這等人是：放曠任緣。

他們以為幾十年聽經唸佛，自己又是天下奇才，早就即身成佛，出口成法，以前年代騙騙善信，乃因為飢餓難捱。

現在是做生意，自然用足手段。記得有次適逢其會，聽一位大師說法，真是抑揚頓挫，聲調感人，大哥我差一點就五體投地，由灣仔碼頭，三步一拜，遇山過山，遇水游水，口宣佛號，一直拜到羅湖入口。

幸何如之，肯定看到有朝一日，學佛學道的港人，多如海中水母，誠如老師所言：聖人滿街走，菩薩多如狗。

本人斗膽改為：狐狸滿街走，大師多如狗。

修行學佛，哪裏需要嚴嚴肅肅？

本人自小運動不離心、手、腳，而且正正路路拜師學藝，一直參加比賽，時至今日，游泳加網球，年中無休，教練嚴格加寬容，沒有給徒弟大多壓力，進步快如七四七，甚麼嚴師出高徒，棒下出孝子，全部都是過期教法。

講佛講修行，最好是活潑生動，順應時勢，況且修佛的人、修行的人，若非保持著開放跳脫的生機思維，還修個屁佛，南老師形容大部分所謂信佛修佛的人，道貌岸然，滿臉佛氣，彷佛孔孟再生，聖賢下凡，各位大哥，佛法者，即非佛法，教化馬騮和動物，當然是走入樹林山嶺，普天之下，人即動物，豈無些少獸性，各位大哥不妨疊高枕頭內思一下，當年道生法師對著石頭說法，大概不是用聖賢方式，否則九成老吹，對著樹上的馬騮胡說八道，引來馬騮哥哥一堆飛石。

說法講佛的善知識是靈丹針藥，大哥我看過很多所謂善知識的大作，他媽的，以前寫古代劇本，形容連狗公狗乸，羊肉豬肉都分不清楚的腐儒教書佬是：竹筒夫子。

講佛法講到要你老哥隨時準備，只要不遵從他說的佛法，肯定要自殺，或者被他組織的菩薩團他殺。

老師說得好：當今善知識，好得過傳下來的菩薩經論嗎？智識隨處放，偏往海中求，其實，說來說去，應該是去尋求一些善導師而已。

記得早時讀唐老三翻譯的瑜伽師地論，真是痛苦萬狀，慘過暴雨之下等佳人，他媽的，一來斬過磚頭發誓，若是中途放棄，大哥我此後生生世世無狐可賞，那還得？終於每日兩頁，強記之餘又需明解，讀足兩年另三月，髮頭略為斑白，兩眉竪起，把唐老三罵足六百日，為甚麼不肯像其他神僧法師，在夢中傳法。

今時今日，更難找到合格的導師，相反合格的寺廟生意佬多得很，平時猥猥瑣瑣，一穿上袈裟，手持禪杖，登時變成了唐三之藏，只需找個南亞裔的保鏢，買頭肥豬，再去城門水塘附近，用名牌香蕉，哄隻沐之而冠的金剛型馬騮，在牠頭上加個合頭型的金剛箍，也不要在馬會找隻名馬啦，索性買部保時捷七座位跑車，滿袋善信的仲介費，花差花差，這就再來一次西遊之記，擔保十日八日回來時，經典幾十大摞，好過炒樓炒股票。

世事通明，不如人情練達

有好兄弟問：何謂世事通明？何謂人情練達？

請嘗試先了解在佛經中一個名詞：無生法忍。

最直截和簡單的解釋是：對你認為不能容忍的世間人和法則，以及自己反對的事物，都可以欣然接受。這句話是先前兩句話的定位點。

問：如果讀遍天下經典書籍，行遍世間千萬里路，可以做到上述的兩個要求嗎？

答：如果你相信有些書本說一百日可以變成賭神或情聖，或者二十日可以參加法國公開賽，保證打入四強，或者只要讀熟一個月的財神咒語，外加你晨早五點零五分切下來的腳指公，磨碎加熱放進早餐的火腿通粉內，你立即變成另外一個財神，你相信嗎？

書本上的智慧，要你消化了才可能有丁點的用處，龍樹菩薩在未入龍宮之前（當然不是有龍王和靚靚龍女那個水晶宮啦。），已經以為大千世界不外如是，他在龍宮出來後汗流浹背，他說裏面的大乘經典比他讀過的多出百倍，所以說，讀書和行萬里路要相配而行，還要帶著一顆謙虛的心，至於這顆心是不是雜念和妄想太多反而不重要，世間人由一歲到一百六十歲，那一個沒有妄想雜念？

想藉修行除去雜念和妄求？唉，想名，想利，想狐狸，想達到自己的夢想或理想，有個仁波切朋友經常為座下幾個大寺院的開支愁來愁去，算不算凡間之念？正念是有為法，和無為法都是一體兩面，統統都是不實在的妄想，由妄想做成的定位去了解世間事，無非也是一個妄想！對嗎？

還有，老兄想做到世事通明，你三朝兩日不舒服，半年一小病，兩年中病，十年大病，經常出入醫院手術室，可以用心地行萬里路嗎？有幾個老友發誓帶髮修行，矢志向南老師為修行人定下的目標出發，順便也帶菸帶酒，帶色，財來不禁，賭賭賽馬和英超，這樣才可以從煩惱中了解世人的念頭呀，當年維摩詰菩薩亦不外如是！不過這幾位老兄，幾年不見，五十多歲的人，手震腳不穩，一看到斜路石級，馬上喊救命，當年一百公尺跑十二秒，現在跑八十秒，離開墓墳頂多十分八分鐘，想做到世事通明？恐怕要等十個、八個侏羅紀再說！

準備啟航嗎？請先明白甚麼是五明

九十年代，曾經在北京拜訪過一位真有些見地的修行人，是菲律賓著名畫家，這位老哥一面起修，一面畫畫，畫甚麼？是各種形相不同的羅漢。

他是最早跟大哥談五明的修行人，而且說的佛家五明，跟各位上網知道的，神僧大師講起的，大不同，和後來南老師在《宗鏡錄》談論的，是相同的，他說：學佛修行的人，不明白五明的道理，不如先掛掛號、拜拜佛、燒燒香算了，來世再等機會吧，如果像韋小寶追阿珂，發起蠻勁，鐵了心，他媽的，上天入地，終有一世追到妳，阿爾陀佛，真神亞媽和亞拉，皇天不負有心人，一百頭狐狸都捉回來，遲早都是佛，但除了佛家的名相詞句，此外你老哥一定要上心的，是五明，之後才是止觀。

五明是：

一、內明：老師說，先得內明，明心見性，是第一條件，恐怕第一關就過不了，有幾多個修佛中人，包括正在傳法的大師，有如此本事？

二、因明：未讀過邏輯哲學的人，恐怕更難熟習佛家的邏輯，連帶何來自證和證自證？更如何和外道之人論佛辯證？

三、聲明：一切語言音韻，包括文字文學、表達和吸收能力，這是第三道難關。

四、工巧明：藝術，物理，技巧高難度，專業性，包括運動，形而上下的常識，夠難度了嗎？

五、醫道明：心理生理，對健康和保養色身，都要有相當程度的認識。

如果要先精通上述五明才夠資格修佛學佛，大哥我奉勸各位，不如拍手散夥，看看貓貓狗狗，暴力亂倫的劇集算了，反正如果有輪迴，下一生還是做人，沒有輪迴，慘極都要找數走人。

但是凡事不求十足，入門先明白佛家的所謂五明，等於入學之前，帶備紙筆墨，電腦一臺，校服潔白，手甲腳甲牙齒整齊些，落雨帶把傘，髮型鑊高些，之類等等。

起碼有個知字，免得被神僧大手印，或其他高深莫測的老師點到七彩。

記得有位中學教幾何的老師，上堂第一課，他說：幾何是甚麼呢……

從此只有這句是聽得明，也從此只知道，所謂幾何者，是一個三角。

由唯識到中觀

修佛修行，無非是修心養性求出世避世，得神通反而我是題外的收穫，佛法的中心，只有一個成佛的途徑，姑勿論成的是甚麼佛，是經部派所指，釋迦老師之後，彌勒校長的後補佛，之後又是甚麼佛，抑或《華嚴經》裏的無數佛，沒有行門和理門兩條窄巷，根本就沒有成佛的可能。

經部派法師的業力因果，千年來有唯識法相宗的開始，到了今時今日，永遠強調因果來由，是心王八識的被薰和能薰的影響，所以轉心性是最重要，所謂心，語，意，不能自轉其心，不能明心見性，他媽的，何只四×四大皆空，簡直是判了死刑，做過凡夫俗子算了。

心是最最難控制的，因為我們說的這顆心，是現在，過去，將來都尋不著，無形無相的心，很多神僧大師卻認為凡人轉心，易如早餐揀煎蛋或糯米雞，上電視開加持法會，唸唸佛號，阿彌陀佛，講些菩薩金句，又是佛法，大哥看來，這不過是服務性，加政治再加些孔孟儒家思想的行業。

塵世有情，可以像扭計骰把心識轉來轉去，難之哉，但佛教中心，無非是安心過程，所以如何做好止觀，這就是惟一的教理。

大哥我早期看了幾十年唯識，也做了幾十年功課，做到幾乎由神經變成神通，揀個黃道吉日，由三十三樓飛身而上，立地成佛，好在在娘子跳跳虎打電話到青山醫院，替我申請道場床位的前夕，剛好讀另一個老師的中觀學說，當真當頭一棒，原來行門和理門，都有較易的修法。

不要有口無心唸佛號

我的朋友當中，多數由唯識起修，但一兩年後，感覺到困難重重，慘過入廚房做娘子之二廚，原因之一，是名相太多，甚麼三性三藏三能變，八識，五類百法，果相，因相，諸如此類，這尚且只是一門艱深的教科書而已，還未開始做正式的行門功夫，怪不得幾千年來，好師父一直難求得很。

最大的一個結使，是所謂真如，真如自在。真如這兩個字，他媽的，懂唸幾句佛家門面話的大師神僧，都習慣掛在嘴邊。而真如比明心見性的所謂性，自當不同，但似乎更高層次，於是修唯識的朋友，十中的八、九個，都是難得糊塗地修下去，希望有朝一日，先找到個自己明心後見到的：性，和似乎應該感覺自在的：真如。

其實清心直說，此時此地，有多少大師神僧知道這種境界？遑論已經達到。

佛家最重求證，未證而說已證，是犯了妄語大戒，況且明心見性之日，才是開始練功之時，怪不得菩薩老師，凡夫到成佛之路，起碼要十幾個以天文數字計算的阿僧祇劫。

大哥我十年前，才正式踏入中觀空宗之門，也許真是有緣，龍樹老師的說法很合乎我一家人的胃口，中觀理論，仍然保持當日傳統的色彩理念，本人同時看過幾個日本的物理學家，和思想大師的作品，他們推崇龍樹老師的中觀說法，說他不單以印度的佛教觀點，而且是以宏觀的物理學和邏輯論，作為中觀定位。

此之所之，龍樹和提婆老師在有生之年，其他宗派，包括唯識中人，都很難和中觀的邏輯理論相比，唯識法相宗之可以在中國雄霸長時期，不過是合乎傳統式的文化氣氛而已。

同樣解空，中國佛家，包括唯識中人的所謂空，跟中觀創始時的宗旨：空。已經是兩種不同的解法。

站在本人今時今日的觀點，不能不說：中觀的空，比有宗的空，更有說服力和殊勝。

龍樹老師從龍宮或龍族的居地，帶出來的《華嚴》八十卷，也有修行門的途徑，所謂：事事無礙，理理無礙。

行門由一切事中修一切理，由所有緣起而知空的實相，一旦了然於胸，再無一事在心間，即時解脫得渡。

所謂：每日彷如窗外過，緣起緣散尋常事，涅槃有無亦等閑。

法無定法，任何語言就是佛法

不停有朋友問我，佛法在經典裏嗎？佛法在法師的寬袍大袖裏面嗎？佛法在菩薩身上嗎？

我說：根本沒有佛法這回事，幾千年傳下來的給你和我的，都是一連串不可解釋的緣，不可思議的際遇和生理心理所產生的心結，我們永遠在學習中，嘗試勘破，積聚經驗，提昇自己下一日、下一年、下一生應對的條件，好的菩薩只是在旁邊提示，在旁邊鼓掌，當你跌在泥澤，爬起的是你自己，你問他們為甚麼沒有救你？

好的菩薩會這樣說：你懂得自己爬起來，是佛法，我們願意扶你一把，也是佛法。

每一個緣來，必定會緣過，這是一種暗中彼此計算的數學遊戲，一種人生的平衡，是物理上多過在佛經解釋的，如果你老兄讀過量子理論，自然就會記得老師說過：如果你不被這些理論把你搞得頭暈腦漲，不知所云，那麼你根本就不配學習量子理論，其實量子理論，最能詮釋基本的佛法！

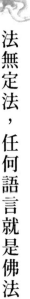

其實每個有情，都沒有脫離自己的人生軌跡，沒有錯過甚麼，都在不斷地積聚，重複空的力量，我告訴一個學佛的朋友，甚麼是空？因為他皈依佛門幾十年，從來聽不懂法師說的空，一天到晚只是空來空去。

很簡單的例子：我的一個家人，早些年皮黃骨瘦，後來在健身室十年八年變成香港先生，他每日每月每年重複一下一下的重量練習，如果把一下一下的動作計算，那是不實在和沒有作用的，而且轉眼即空，這種空就是畢竟完結了一個動作，徹底過去的空，但產生的作用，和下一個再下一個動作相連，經過幾十個寒暑，是改變了他的形象！

這不是教你如何成佛的佛法，只不過是一個啟示或開導而已，本來我們已經知道如何尋找適合自己的佛法，我們當然不是佛，但是從不常不斷的學習過程中，終於可以成佛。

無一不在佛法之內

佛法其實包羅的範圍甚廣，大到各位老哥老姐無法想像的地步，物理、天文、文化、藝術、心理、數學、哲學、邏輯，全包括在裏面，而最重要的兩大主流唯識和中觀，分別以心理、物理、邏輯為最起碼的佛家基礎。

中觀派的祖師爺龍樹大哥，是被國際視之為邏輯大師，多於視之為佛家大菩薩，而邏輯學的基本律例是：

一、對與錯，是矛盾律：是兩者永不可能同時存在，等於佛家的主要論點，不落兩邊，任何正反兩邊都錯。

二、排中律：好呀，你大哥說正反兩邊都錯，那麼中間這裏一定對了，錯，一定錯，換言之，所謂客觀或第三者角度，也落了邊見，所以不對！

而佛家中觀派就是這種邏輯論，這也是講出，世上人間，所有際遇緣起，全無章法命運注定可言，稍微讀過量子物理的朋友，都知道量子的超弦或振弦理論，也是說出任何維度空間的事事物物，同樣沒有常規可觸！

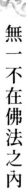

以前的高人常說，懂得越多，學得越深，打得架多，越恐懼，這是一邊說法，他媽的，這等於說生命和生活越長久，越感覺失去生命力量，完全不是理由。

我說，正因為生命際遇，加上季節歲月，你的情緒性格，扭來扭去的因因果果，全都雜亂無章，才是一個完整的實相！

相逢何必問相識

看過一部印象深刻的電影，是說幾個美國名校學生，其中一個的畢業論文偶然被一個流浪漢拾到，這位潦倒不堪的大哥要求用一餐飯換一頁論文，論文起碼有一百幾十頁，可以食一百幾十餐了，於是不知不覺做了好朋友，這位阿哥還跟法律系的學生回校聽課！

戲肉是，某次上課，教授講美國憲法意旨的重要性，問學生憲法的定論和可不可以更改，臺下沒有一個學生敢回答這個問題，這個教授也強調憲法不容更改，這個流浪漢站出來說，任何憲法的定位必在國民身上，時代轉變，人民隨著不同的文化環境需求，肯定會有跟上一代的傳統產生不同的素求，所以憲法的精神和意旨內容，一定是順民求變。

這個重要，其實也說明佛教大乘中觀的要點，空是一切的跨越，說法者，不要死執著傳統的佛法教導世人。

釋迦老師說得真好：所謂佛法者，即非佛法！

靈修豈是煙鎖

請豪邁地去學佛

有個朋友問：學佛是不是應該很嚴謹端正去學？

我說：正正相反，學佛和做人都是一樣道理，越是輕鬆，越能一點一滴吸收，越是看來很深的佛理，只要你讀得懂，了解得通達，你會發覺和做一個好人完全一樣，我是不會相信有甚麼聖人和賢人這類特殊的人種的，只不過是某些有豐富才華和內涵在某種時代環境的表現而已。當然我極相信，每一個人在此世緣盡之後會帶著累世吸收的精華一生一生地傳下去。

如果你以過分正面看待人生的態度去學佛，你反而錯過在人世很多複雜的層面，請看看真正的藝術家，爵士樂手，甚至運動員，我有幾個很有名氣的歌手朋友，他們說：越是放鬆，越是能夠表達爵士的味道，請看看梵谷，畢卡索，請看看費達拿，美斯。我在年輕時期跑田徑，有個短期的美國教練是奧運金牌得主，他說：平時練習用七成力量加三成輕鬆就夠，這樣在正式比賽時還有三成空間，反過來，你可能比賽不如練習。這種態度在我幾十年的歲月，無論是參加比賽、寫作、做生意都有深層的體驗，越放鬆，越能得心應手，在靜坐時也是一樣。

佛家的禪宗和密宗都主張在生活起修，我經常介紹幾位老師的佛家導讀，特別是南懷瑾老師，談錫永老師，黃家樹老師，他們在書中輕鬆幽默，彷彿你運動大汗淋漓回來，手持可樂加冰，電視剛剛播放狐狸精的泳衣節目，乖乖隆的冬，你很容易地吸收下去。

豈能沒有疑情

一個正在考慮好不好發心修佛的朋友問：應該對佛經和佛理生出懷疑心嗎？我說：當然正常啦！佛家所有經論佛法也要合乎數理邏輯的，所謂因明，修佛的人產生疑情？對，一千個對。

好啦，先先請教一眾上師大德，仍然不明嗎？最好在夢中找個路過的大菩薩求教，然後飲杯靚茶上座，沉思細想問題出在甚麼地方，當然佛理要有個基礎，不是花園裏的小鼠或小學雞，起碼是中五六以上的霸王牛，才有這個條件對所學的課程產生疑情，所以很多徒眾問口埋口，把靜坐當作參禪，他媽的，佛理還是半兩油，兩條腸粉、一個茶包，參個屁禪！

菩薩老哥尚且到六七地以上，才不會退轉，即是說：到那個階段的疑情才告終止，而且這些疑情是加上了菩薩哥哥姐姐修到深處的意念，所謂行深般若波羅蜜之時，照見五蘊皆空，是寫論文考博士準備成佛的層次啦！

經常聽到有些佛門中人，說應該死守住經教的傳統說法，一字一法不能改。

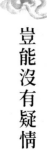

他媽的，除非傳下來的所有佛經，包括必修的大經大典，甚至是瑜伽師地論、中觀四論，都是另一類天外文化，不理是否大菩薩或如來，總之是經人之手口寫出來傳出來，怎可以說應該易千年而不可變，外星人哥哥也有更高的層次呀，在我們這條銀河系，單是星星，就有二千億顆。

佛法僧是佛家三寶，不要說真正的佛教徒都要尊而重之，就是掛個居士招牌，或專心研讀佛經佛法之徒，如大哥我，都會說句：老師們請上座，咬個弟子奉上的齋叉燒包，羅漢哥哥做的糯米雞，金針和豆腐絲的蟲蟲鴛鴦炒飯，阿彌陀佛。

但是對於只懂得尋經摘句，抱殘守缺，斷徒慧根的另類老師，最好在僧上面加個神字，是神化的僧，是可以溝通，握握手，上上香，午飯時整兩碟豉椒排骨炒河，咖喱人腩炒麵，撈亂兜底，只求結緣，不須深究。

看世情如隔窗，可以嗎？

修行兩個字，真像一支鮮明的旗幟，好多朋友一旦插在頭上，誇啦啦，老子快將成佛啦！

一個小朋友問：甚麼是與佛有關的修行？

我說，起居飲食，大魚大肉，狂嫖爛滾，酒色　氣，粥，粉，麵，飯，隱居山林，遨遊六湖八海，都是可以修行之路，只要是用心去修就對了！

有人說：修行是改正煩惱心呀！

我說：甚麼是煩惱的標準？蓋一有所謂標準比較，即等於走入自己砌出來的井底，多大多濶，一定是以你的際遇智識建造出來的，在你自己充滿私隱性的框框裏面，修個屁行？

早年有個神僧對我說，要好好依著經書修行，神佛都會加持哦！

我說，他媽的，神佛怎會加持我們，所有經書，由《金剛經》到《華嚴經》，統統都是方便的啟示法，至於一眾神佛和菩薩，他們早去了深水埗的麻雀學校看人家打麻雀，或者在旺角的甚麼廣場吃日本放題啦，我們修行，與他們何干？

我看修行人，就應有這種見識和風範。

有人說：修行是改正自己不好的行為呀！

他媽的，又是一種充滿我執我見的訃見，連訃聞都不是，如是類推，恐怕你每天早上出門之前，應該先把你的眼睛脫下來，因為世間事，無非聲色犬馬，看見之後，只會貶低你的層次，再把四隻不聞、不見、不視、不語的馬騮帶在身邊，包保茫茫然然上班去，木木獨獨回家來，如此修行，自然比諸上夜總會勾狐狸，在酒家古古惑惑傾生意的菩薩哥哥，又進了一大步！

早年有位寧波切先生，說自己的快樂指數，修行得好，是世界級！

我說，兄弟，有膽子來香港捱捱劏房，養妻活兒，拿著五六千的每月收入，窮愁潦倒，傷殘老病，你的快樂指數遲早像穿著木屐下滑梯，最後在翻拍又翻拍的電影：《飛越瘋人院》中，做個真實臨記，可能才是快事一件！

讀書在寺，學佛在世

有朋友問：在家修行和出家修行有甚麼不同？

我說：最主要是你已經找到了一條自已歸依之路，以前說過很多菩薩都現在家相，證明在家修行也是一條正確的路。

在家出家，其實要看修行人的趣向和意志，佛團大班兄弟，在一起行住坐臥，固然有歸屬感，出家而歸家，好像前一排有對母女，已經了無其他家人的顧慮，於是雙雙出家，幸福感無出其右。

但對於進行更深一步去修，或是想了解菩提心是甚麼的朋友，甚至是你想更深層地去修行，如果你的意志力已經夠硬淨，那麼，不妨入世再磨練一下，特別你是走唯識之路，其實唯識也者，甚至是瑜伽師地論，加上龍老師的中觀學說，實踐加理論，相信沒有比人世間最適當的修佛場所。

即使密宗和禪宗，都主張從生活中起修，禪宗當然有寺院供僧團共修，最初的禪宗，一不拜神二不拜佛，唸佛一聲，漱口三日，有個禪師更誇張，他說如果被他看到釋迦初生下地，繞室三圈，手指天地，說：上天下地，惟我獨尊。禪師說登時把這個釋迦亂棍打死，以免世間多事。

各位兄弟，你怎樣看？

但是修行學佛的人，根器各有不同，吾家女兒乖鼠提醒在下，她說有緣修佛的人，有些已經修了幾十世，有些可能在今世起修，等於小朋友的入學過程，幼稚園，小、中、大學到入世，我們何嘗沒有穿校服的歲月，他媽的，如果那年冬天校服再加一件哈利波特式的披風，帥過超人多多聲啦。

所以實在很難告訴朋友在入世或出世修行，主要是看你的機緣際遇，也許你內在的修為，只有你最清楚。

必須抱著無盡的懷疑心

千萬不要被先入為主的所謂知識，和權威人士的語言縛束，否則你等於一生盲從。（愛因斯坦）

各位兄弟妹妹，釋迦老師講得清楚，他說：大凡查根問底的，不是我的弟子。不肯查根問底的，也不是我的弟子。

各位大哥知道他是說甚麼嗎？

這等於說，幾千年來的物理學家，時至今日，都難以解釋得出，光究竟是甚麼？最多知道光是熱能效應之下產生的電磁波。

光的一秒是三十萬公里，光的速度是不變的，除了科幻電影的太空船或工具，對不起，現今和可見的將來，都不可能有快過或光速的飛行器。

所以再問單一的問題，是死蠢！

但是引申探討周圍有關的問題，例如，人死後以那一種狀態存在。

感謝主及其家族，問對了。

讀唯識的朋友一定相信人類是宇宙力量的一份子，到最後潔淨我們的阿賴耶識，亦即是到達圓成實性的大圓滿境界，便可以成佛歸去，如來如來，人天合一，無處不在，而且一直以來，物理學家都相信偌大的空間，有一種神奇力量，遍佈太空，姑名之為：乙太。

初讀唯識時，大哥我真有認同感，咦，一旦成佛，豈不是悠哉悠哉，起碼沒有生老病死，讚啦！

但之後，乙太又變成失去的神話，愛因斯坦年代的物理學家，否定了有這種等於上帝力量的存在。

等於否決以前的單一線因果論：有了起始的業力，就一定有隨來的後果。

佛家的千年傳統，仍走不出這種觀念，可嘆可嘆！

這是個不能離開生活的人類世界，亦即是物理世界，請相信，必須有懷疑心作為起點，才可以成為智者。

試試把愛因斯坦的金句改為：

沒有物理存在的宗教，是盲目的。
沒有宗教存在的物理，是跛腳的。

甚麼是起修的條件？

不止一次告訴想毅然地修佛學佛的朋友，除了起樓從地，萬法由知，一切從基礎造起學起，讀書BB班，運動講體能，沒有基礎，練武不練功，到中年已經一場空，不必等到七老八十，修佛也是一樣，偷雞走捷徑，給滿天神佛送紅包，雖然沒有廉政公署，不成就是不成。

此外是文化理解力一定要高，讀書多和文化程度高，入世夠聰明古惑，上位快，和佛家的理解力和悟性不掛鉤，這是另一碼事，而稱之為種性和般若者，乃是佛家所指的智慧。

你說自己不喜歡讀書，又可能頗死蠢，但真心喜歡唸佛和菩薩，那怎麼辦？正常得很，很多造型漂亮的菩薩，文殊、普賢，特別是觀音姐姐，個個五彩衣飾，珠寶瓔珞，真是天香國姿，因此而起心拜佛、信佛，終於修佛，亦屬正常。即使釋迦老師的堂弟亞難，也實話實說，是因為看見釋迦老師的法相夠型兼英偉，才跟他出家呀，不知道他是否有些少基仔心態，總之令堂大哥釋迦搖頭嘆息。

對不起，如果自問根器不夠，文化理解力不高竿，又不是禪宗六祖惠能，把上幾世的智慧帶過來再修，請先掛個佛緣，姑且唸唸佛經佛號，排排企，上枝香，咬些齋菜，等緣來再算。

不敢破格，可以成甚麼菩薩？

曾經向修佛的朋友，解釋過中觀行人的：空！

空即是超越，在現實生活中何嘗不是日日超越，今天的我超越昨天的我，昨天二十四小時，事與物，全部皆空，畢竟已空，但累積的力量是有的，但不是妙有，都是假有，同樣不實在無自性，說有就錯了！

學佛的朋友老兄，最大的阻力是不敢打破心理上的框框，像醒目狗史諾比的小主人查理．布朗，永遠在原地踏步！

太早皈依，好比早些年有幾個老友鬧失戀，他媽的，霎時間又找不到適合吊死自己的麻繩，又有畏高症，燒炭又嫌太熱，之類，索性隨手找個似女性，又叫得名字的物體進政府註冊處，真神亞伯，十幾年後，胡不歸兮胡不歸，在街頭碰到大哥我，失魂落魄，抱頭痛哭，當年一子錯，滿盤爛碗碟，不肯超越，太執著擁有一些事物在手的觀念，於是死得不能再死。

破格是在心理上打破一些框框，讀書多有文字障，錢財多，嗜好多，嫖賭飲浪，貪嗔癡，全部是障，正因為是障，老是一味逃避不成，越怕越死，最後你亞哥只好變成菩薩面前只懂燒香的人棍！

最妙的方法是把所有的甚麼障，看作跑道上的欄，一個個跨越，惟有如此，才做得像個不昧因果的自己！

早年在大陸和大師們鬥嘴，我說：心語意起心動念皆是業是說不通的，菩薩要五地才除妄，對普通拜佛之人，又是半嚇半哄，又是甚麼起因同時有果，提婆大哥說得對：一盞未點亮的燈，就是一盞沒光的燈，怎會代表光明！諸如此類。

說得大師們火紅火綠，準備一禪杖打過來，嚇得我，好在那些年有大羣貪官撐腰，把這班高僧貶去雲南高原唱山歌，也不是不可能的事！

常常鼓勵好朋友，要守法律，但不等於守人為的規矩，特別是自己縛自己的規矩，聖賢的話可聽可不聽，幾千年下來，總有些是屁話，佛和菩薩也是一樣，最多當他們來自外星，到了地球，一樣還是要好好修行。

學佛且慢剃光頭

但學成現高茆之語，名標衆聖之前，都無正念修行之門，跡陷羣邪之後。（《宗鏡錄》）

不瞞各位兄弟妹妹，這幾年久不久就有些信佛的朋友問我有煩惱時，是不是學佛容易些？

我說，他媽的，人生有煩惱，信佛當然沒有問題，等於進教堂聽聽神父或牧師先生，講講聖經道理，領領聖體，低頭一心不亂地祈禱，出了一身冷汗，好像當年達摩老師叫慧可徒弟，你的心已經安好，甩難啦。

但學佛嗎？老師說過學佛乃大丈夫事，非公侯將相所能為之。

而且即使你把五隻手指腳趾斬下來，以示你比追老婆更有決心也沒有用，因為你老兄根本找不到明師大德，為甚麼？文化水平不夠，枉讀菩薩經書，後浪推前浪？算罷啦，一蟹不如一魚。

所以信佛，還可以說出於自己的誠心一念，學佛的後果嚴重得多，譬如你看看科幻電影，想像自己成了復仇者聯盟其中一人，可以。

但如果嘗試在家中製造核子彈，擔保你老哥很快去了神經病院做科學家。

大哥我早年仗著貪官大吏在身邊站場，倒也看過不少寺門，也做過大施主，旁聽生，細觀神僧大手印如何傳法，結論是：齋菜頗有水準，大概不至於落半斤八兩A貨調味粉，雖然不及現時的素食名店，尚算咬落OK，但傳法不成，三腳貓也算出得場面，所謂神僧，不過是出家之前，讀了幾本如來神掌，梅花寶典，一羣三腳老鼠而已。

前頭幾句文字來自《宗鏡錄》，是說很多所謂傳法修行的法師，不外乎在經典上尋章摘句，聽得幾句好像出於菩薩之口的半頁殘篇，慢慢地患上了大頭症，穿上了一身玲瓏的法衣，他媽的，馬上變成如來的代言人，不肯勤修佛理，捨正途學佛，而以為自己跡近菩薩，其實等於異端邪說。

所以早些時，有個朋友說有間名寺，有個名師，約大哥我去拜會拜會，我說，吃吃齋菜可以，看看名寺的烹煮比諸吾妻跳跳虎又如何，她的羅漢齋，煮得很有點羅漢的味道，讚啦。

拜會則不必，蓋大哥我最喜歡踢館，早年得罪過不少神僧和肉身菩薩，今時不同往日，除非現兜兜講好較量規則，講講佛法，講輸了，大哥我登時出家，即日剃頭由沙彌做起，神僧啞口無言認輸，請馬上還俗留髮，乖乖，跟大哥我去泰國沖涼按摩。

參禪悟道，不要一知半解

先答幾個修行的朋友，第一是問禪七是甚麼？禪七自然是佛家術語，也稱為打七或打佛七，源於釋迦老師在菩提樹下禪定七日七夜，證悟緣起性空，大徹大悟。

所以禪七者，是聚眾禪坐而修七日夜，當然不是朝夕無休地靜坐，要看主持老師的編制，中途上上洗手間，咬碟羅漢齋之類，也是必須的，據說傳統的寺院打七之時，還有甚麼麻油包子，善信送來的各式素菜，甚至還有甜點花生糖之類，mamami簡直是享受式的禪修，香港佛教不知道如何，臺灣是常有這類修行，南老師固是師中之師，但恐怕沒有芝麻湯圓，蕃薯糖水，海帶綠豆沙之類的禪外享受。

第二是有兄弟問起心經，〈心經〉全篇二百六十幾個字，只說一個字：空。

本人一早上網站YouTube專看各位大師大德教授如何詮釋〈心經〉。

其實各門各派，一寺一叢林，一門一主，很難說誰講得對不對，如果在公眾廣場之類發表自己的講法，恐怕早就大打出手，大哥我早二、三十年看這等〈心經詮譯〉，一面看，一面媽媽有聲，準備嘔血盈桶。

今時今日最多面紅面綠，原因是十居其九，這班神僧大手印，學識淵博如梁啟超之仕，都是仍然抱著一個空字和一個有字，這樣去解〈心經〉，恐怕坐上光速太空船，也到不了彼岸，十月份有個維港泳賽，由尖沙咀游到灣仔碼頭，怕也有些可能，如果你通得過測試的話。

第三是有朋友問：經咒是否有神通？

我說：念佛持咒無非稱之為對佛道的尊敬，並非可以趕鬼驅邪，他媽的，最多是大家俾多少面子，尊重你是佛道中人，並非因為你唸的經咒等於放飛劍。

也剛好看到達賴老哥答弟子關於經咒，他同樣認為經咒者，無非是金句的撮要，最重要還是一句話：通識經義。

其實你老兄懂得少講幾句佛號，恭喜恭喜，你昇呢了。

修佛不一定求回頭是岸

有開始修佛的朋友問：要注意些甚麼？

我反問：你知道為甚麼要修佛嗎？要求自我解脫？要從此改變分段生死或變易生死？抑或覺得生而有使命，要在頭上加個光圈，生生世世超渡世人？更或者要從此跳出三界之內，不在五行之中，做個無愁無悶的甚麼佛，在星河系飄來飄去，豈不快哉？

我說：你老哥最好搞清楚這一點才起步吧。

因為修佛難，學佛更難，找個善知識更更難，有些大哥外貌莊嚴，穿上佛門制服，乖乖隆的冬，遠看近看都像個救世的菩薩，有幸作為你的老師，九生有運，這一類下凡的菩薩，這幾年特別多，是否能夠令你成佛，且看下回分解。

修佛學佛最艱難的階段，是你要知道甚麼時候要放下經典，用你的智慧去分析思考，因為你老哥永遠抱住一大堆經典修行，等於拖住幾十噸石頭走路，慘過日夜面對五、六個永不停口，對你發號施令的黃臉婆，那麼你除了滿腦佛家金句，開口埋口甚麼佛和甚麼佛，你還有甚麼？好像我有些跟教練打了幾十年網球的朋友，只能跟一個教練球去球來，正手反手，蝴蝶穿花，好看得殺死人，他媽的，費達拿和祖高域亦不外如是，但一出去比賽，馬上臉無人色，慘過梁天之來。

我告訴朋友，最好的辦法，是先搞清楚幾個佛家最基本的名詞，例如：空宗，有宗、顯宗、密宗、小乘兩宗、大乘八宗，以及何謂真如？何謂菩提心？甚麼是佛？是覺悟者還是智者？

也許要找一個老師或善知識帶你走入佛家大門也不是太難，你老哥只要找到一個可以解釋（心經）是說甚麼的高手就差不多啦。

如果連上述基本的認識都做不到，那不如早晚唸唸經，點點香燭，供養鮮花，玫瑰花不拘，愛上菩薩大概沒有罪，康乃馨和跳舞蘭也不壞呀？今生以花供養，來世做個美女俊男，讚啦！

別妄言緣起性空

其實佛家除了〈心經〉是所有部派的總綱之外，另有一句總攬的金句，是：緣起性空。

據說當年釋迦老師，坐在涼浸浸的菩提樹下，突然目睹流星如人生的流逝，而悟入緣起性空！

修佛不外兩門，行門和理門，缺一不可，說難嗎？兩者都難，行門修到滿身神通，出有入無，但理門不通透，永明壽老師說這種修行人，是日夜飛來飛去的人身牛。

相反理門讀得呱呱叫，《大藏經》熟如幾行〈三字經〉，順口傳法如街頭賣武的開場白，但行門不入，止觀無成，甚麼明心見性，口懂心不懂，老師說這類修行者是兩腳書櫃，看來看去，今時今日有情世間，授法傳功，九成是這堆書櫃。

徹底悟到甚麼是緣起性空，上座止觀，幾乎可以一超即入，包括祖師禪，無想定。

緣起無自性，亦不實在，緣散之後，是畢竟空，此空不同空中妙有的空，後期唯識行人，有些偷雞意味，把空的字義，演繹成不究竟的空，中觀行人說緣散後的空是徹徹底底的畢竟空，空在原來佛家的解釋，是超越，行走時前腳已成後腳，後腳已經畢竟空，但令前腳產生前進的作用，永遠是前腳超越後腳，今日的我永遠打倒昨日的我，色，空如是，不是虛無的幻有或妙有，而是積極地超越！

此之所以修佛的朋友，一跌入中國一個空字，幾乎已經陷入空的沼澤，又是虛無，又是幻有，很少人可以爬得出去，大哥我讀過十五部《心經釋義》，全部是老師級的大德作品，也全部是空中妙有，空來空去！

人生始終不離一個緣字，一個空字永遠是緣起緣散，過癮之處，是你不會知道緣何時來，從何處來，緣裏面彷彿又有一段緣起，後緣和前緣，好像介乎有無關聯之間！

有癮之處，是你老哥也不會知道何時緣散，更不知道自己如何應對緣散之後的感覺！

人生有趣之處，可能植根於此！

沒有說不出來的空

各位看官，這裏先要講清楚，佛家所說的空，無論是唯識或中觀、禪宗，都是可以用語言和文字闡明出來的，除非是指證入了空性的境界，等於大哥我問你狗肉是甚麼？你他媽的卻以為我問你食狗肉的口感，口感是很個人的，難以解釋出來，所以向你說空是不能解答的，不管是光頭或留長髮的高人，請一腳就伸他出窗口！

早年有位教授哥哥說了個真人真相，並無虛構的故事，他老兄在臺灣有幾個正在修行中出家朋友，其中有位和尚仁兄除非不隨眾下山，否則一入市區，定必殺氣殺心大起，好歹要想學某些聖戰戰士，割幾個人頭掛在心口！

和尚哥哥初期走唯識路子，用盡所有修行的法門，甚麼依他起性，偏計執性，甚麼正念正見，知幻即離，全部都對他行不通，而且越來越死，也痛苦到想死！

及至教授哥哥和一個修中觀的在家居士上山，一談之下，有辦法，於是月中常來，每次帶他下山入市區，逛街街，逛街市，

入屠房，去得多次，奇怪得很，和尚哥哥的殺心漸漸減卻，後來終於還了俗，還

娶妻生子，做了生意佬！

有次在臺灣偶然一起食飯，飲飲紅酒，食食蝦蟹，問他還想不想殺人放火，他答，想呀，不過要看清楚真正的好人壞人，徹底知道，當殺該殺！

當下碰碰杯，服一大白！

中觀的空，是漸進的超越變化，今日和尚，明天蓄髮還俗，沒有對或錯可言，出家人、居士，甚至菩薩都不是高凡人一班的超人，等於在學習的過程中，累積和吸收，一步步昇值，擺脫舊有的層次思維，每一種分秒鐘都在新陳代謝的過程，就是一種無自性，不實在，但存在作用的形態，這種作用自然也是變成畢竟空的，所謂空！

與神對話，對飲都可以

有本甚有議論性的書，《與神對話》，其中內容，的確非一般現代人可以接受，能接受的，應該是較前衛的階層，深深認同的，是那個神勸告世人，你若是走入黃昏，便應該更積極，不盡是身體健康，你的思維、智識、內涵，更加需要多方面學習，更好奇，更有膽量擴濶你的空間，尋求從未接觸的陌生境界，這些準備，不是為現世僅餘的歲月，而是為來生！多儲存一點福德智慧，你的來生更多姿多采！

學佛的朋友問，修佛的人應該克制自己嗎？我說，錯啦！

應該學習從放縱中疏導自己，中觀說，學佛者應從煩惱中尋找自己，要離貪，嗔，癡，先要不離貪，嗔，癡。那些只會教人克制自己的所謂佛們大德，真是誤人慧根！

最近乖鼠女兒有個中學朋友從外國回來，她現在是博士兼教授，你想得出當年是頂尖級的壞女孩，被趕出校的學生嗎？這些蛻變的例子，我們身邊的例子多得很啦！

回想早年和乖鼠讀書的準頑劣學生在一起的歲月，真棒極了，我和我家娘子跳跳虎是幫這班叛逆小朋友對抗學校的家長，和校長對著幹，庇護他們眼中的害羣之馬騮，是最可愛珍貴的回憶。

無論今日她們變得怎樣，已然超越了她們當年的自己，她們不會墮落，從未潦倒沉淪，各自有不同的人生形態，在我眼中，不守規則，反盡傳統思維，才是一個不斷從人生學習的態度。

我倒想向當年看不起她們的那些人說，你們錯了，而且你們根本不懂如何認識這個世界，真可恥！

這業已空去的日子和年月，真過得有意思！

空就是空，哪來妙有？

宇宙天下萬物，本身都是由原子組成的，包括我們的體外手腳五官，體內五臟大小腸子。

而原子是由原子核和圍繞著的電子組成的，原子核的本身是由質子和中子組成的，質子和中子，是由六種夸克內的三種量子造成的。

所謂原子，永遠在不生不滅的生滅狀態，完全是真空的。

這是物理上十足真金的定律，稍有物理常識的老哥老妹都知道，世上並無亘古不變的物質，都是不實在，沒有自性，永遠在超越變化中，所以人既非我無我，又不實在，人性更不實在，時奸時忠，猶之對家中之虎亦愛亦恨，他媽的，又怎麼可能產生實在的語言和律法？

各位大德大師演繹《金剛經》，十幾個烏蠅拍，揮來舞去，最後拍死了幾隻螞蟻，相信釋迦老師傷心過勸戀愛中的阿難回來修行，唉，《金剛經》是用空宗的角度去讀才對呀。

偏偏物理上的生生滅滅，就是中觀空宗強調的定論，佛家常說緣起性空，所指的空，跟傳統字義上的空，甚麼虛無，空間，甚麼都沒有呀，這種空，是跟中觀標宗的空（sunya），是完完全全不同的。

中觀的空，百分之百是物理性的，是指不實在，無自性，永遠在超越，如果勉強說有，也是來自過程中衍生的重力。

吾友小提琴家，又是戀愛專家，愛因斯坦老哥的廣義相對論，就是講這種超越的力量，$E=mc^2$，能量等於速度加物質，在某種的力量超越之下，可以衍生新的物質，但這種速度和能量，全都是並不實在的。

總之中觀空宗所指的空，和中國人傳統說的空，根本是兩隻不同顏色的貓，不過幾千年以來，所有的大師神僧一直錯認是一隻有兩種斑紋的貓，他媽的，跟夏蟲說冰，和跟夏天的毛毛蟲食冰淇淋，是差天共地的效果。

八萬四千，並非實數

佛家常常說成佛有八萬四千法門，其實是印度裔哥哥形容很多很多的意思，好像前幾日在馬拉，當地朋友講，幾百個一千，同樣是不計其數的形容。

不過真有人把這些戲論式的語言認真地看待的，記得初接觸佛家經典時，讀到七痨八傷，好像翻來覆去，十五桶滾水倒來倒去，把幾火，怪不得如胡適之和梁啟超之流文化人，常常抽佛家的後腳，後期大哥我才知道，實情是這班人只懂讀死書，一字曰之，蠢！

老師講，對空一知半解的人有三種：

第一種是認為空是斷滅的，甚麼都沒有，這種當然不是佛家的說法。於法不說斷滅相，《金剛經》裏面已經清清楚楚！

第二種是認為，虛無的空之中，其實裏面有些不空的東西，這些東西即使是幻有，但仍然是有，對任何事物一樣會產生影響力，是為空中妙有！

第三種人認為空固然是空，但由於空，所以藉著這個空，而產生不空的事物！

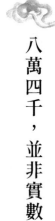

老師說，以上三種都錯，而且錯得厲害！
既從因緣生，無法不是空！所有事物，無一不空，無一不是畢竟空。

總是多情有理

有些老師說：太留戀過去，太多舊日情懷，可能影響修行了。

我說：老師是不是有太多傷逝和傷感的回憶？

老師說：沒有，我從來是由多劫前的歲月就開始，站在恆河及腰的中央，想著：為甚麼一切眾生離不開貪、嗔、癡。

我說：老師這一方面不如我了，修行人也可以浪漫呀，逝去的形象如時來時去的霧雨，我們把愛過邀舞過，對飲和共夢一枕的昔日情懷都放入雨中，一萬年一萬劫，修行和禪坐，讓它們來吧，輕輕擁所有浪漫入懷，只要你傷感不再，因為以往都是無自性和畢竟空，你也許是最有人味的菩薩。

老師問：修行時你記得甚麼嗎？

我答：我記憶中有一堆難以放入風中的旋律，當我呼氣的時代，他們像一大羣頑童一樣笑著走出去，我吸氣的時候，他們會順序回來，或者走散了，我這就進入一個無以名之的境界去找尋，老師，你有過這樣的經驗嗎？

老師說：沒有，我多生以來都一直站在雲端，我不惹煩惱，它也不來惹我，你呢？

我答：我多生多世都惹煩惱，也不怕他們來惹我，老師你會入地獄嗎？

老師說：不會呀？你呢？

我說：會呀，我舊日的情懷在那裏，我舊日轟轟烈烈的戀愛在那裏，我想在那裏的境界再修行，然後回來，成嗎？

老師說：好呀！那麼我等你！

我說：老師，還是你進來吧，等我們都忘記有貪、嗔、癡這些字句，一丁點的戀愛，一丁點的浪漫，像釋迦老師一樣，我們都會是最好的菩薩。

眾因緣生法，無一不是空

九十年代我在北京會過唯識行人，他們說唯識有兩個見道的方向和終點，一個是修得真如，一個是圓成實性，即是終於淨化八識中的阿賴耶識，一切無垢無淨，達到了覺者的涅槃境界，也是法相唯識的做成了如來，無處不在。

我說：佛家講修證，講修行，未證說證，是他媽的大罪，而且唯識行人，不斷要自淨其意，拭盡世間帶來的無明煩惱，不受薰陶污染，可能嗎？昔日的恩怨情仇，貪嗔癡，年年翻新，每一次前後浪都帶來不同的砂石油染，可以用甚麼辦法拭抹嗎？

他們說：以師立心！

我說更不可能，最好的老師都不等於把自己的心識，置在弟子身上，充其量是詮釋啟發，而且最大的問題是如何去修，做功課，

光是早午晚唸經誦佛，可以成佛嗎？

修四禪八定容易修嗎？現在的大法師大和尚，可以修到三禪以上嗎？

結果是口啞啞，如果不是有幾個信佛的高層貪官老友在場，相信幾個無相上人，

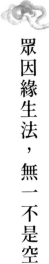

登時就把大哥我凌遲處死，好歹落個謗佛罪名。

最後還是和大師打打圓場，我說：其實唯識是佛家基礎，只不過現今的大法師，沒有這樣的利根去讀而已！

其實唯識一樣講緣起性空，講無自性，講因緣生法，不過是中國佛家誤解了空性，好好地修修中觀吧！

喜歡說謊嗎？也是修行法

大家做騎牛牛的時期開始，早就被老爹老娘老師千叮萬囑：做人要坦白，不要說謊呀。

殊不知只要你心水清，慢慢就發覺，老爹老媽，以至周圍上下，左左右右，不必長大成人走入江湖，都是謊話連篇，例子之一，是每逢孩子扭計，喊到收不了聲，老爹或老娘大多數會說：他媽的再哭，妖怪來捉你啦！

有時妖怪會變成拐子佬，熊人婆婆，諸如此類，當然肯定不是狐狸精，總之講大話不眨眼，其實講外星人還可能近磅些，外星人確有拐人前科！

早年在北京和眾大神僧閑話家常，飲杯清茶，咬個叉燒齋包，談得入巷，眉飛色舞，這就邀請各位大師去唱唱卡拉他媽的ＯＫ，又怕這幾個買蔬菜也不懂分類的老實頭耍個橫手，大哥我說：各位兄弟不必戒絕人間色相，那個菩薩沒說過謊話？

各位善信看官不必大驚失色，也不必買凶追殺本人，蓋由釋迦老師開始，哪一個菩薩哥哥沒說過所謂方便說法，為求不同器根的弟子接受難懂難行的佛法，而行方便教法，引導入成佛之門，在廣義角度來說，方便法其實也是謊話的一種，他媽的，最多是屬於善意而被利用的謊言。

不信嗎？請來找大哥我，飲杯藍山，咬塊芝士餅，揀幾本佛經，逐句讀給你老兄聽聽，彌勒老師也罰我不入！

以前說謊者是少數的白犀牛，今時今日，有情世間，難得看見純黑的犀牛啦，各行各界，政治層面，生意場上，情情愛愛，應酬謀生，爭取街客熟客，為求上位登龍，人與人之間，不懂說謊話的藝術，可以嗎？

反修，甚麼層次才開始？

和好朋友談修行時，問到甚麼是反修？

近兩三年已有甚多修行人，轉到這個潮流興的話題，走維摩詰老兄的路子，這位佛名金粟如來的大爺，雖然外表做生意，上夜總會，溝狐狸飲紅酒，說不定咬支古巴雪茄，同其他俗世市儈胡言亂語，稍後胡天胡帝，但骨子裏精通佛法，連釋迦老師的一眾弟子經常被他留難到要站操場、洗廁所，下次遠遠看見他，走得快好世界。

他走的正是修行的另一方面，入世，不畏貪嗔癡，不避色聲香味觸法，六根之所忌，偏在六根之所招的煩惱裏面修行，在外道之論述中修行，換言之，越毒的蛇，越要挑逗而捉之，否則如何在生活中修行，百無禁忌，他和後五百年的龍樹老師都是空宗和密宗的始祖。

正因如此，很多品行不端的修行人打著反修的旗號，倒也嚇到信佛的姨媽姑姐，因為言論出位呀，早年有位仁兄說修甚麼双身法，哄女弟子上床，總之言行怪端的宗派，在香港和大陸多得很！

反修其實是密宗的內密層次中一種法門，無論是克魯派或甯馬派，九乘次第中，一層層往上，由聲聞、緣覺、唯識、中觀、內外三密，到了懂得反修的法門，已經是較高的層次。

幾種修佛？幾種修行？

再次好意地提醒，如果信佛修佛，發覺越來越活潑積極，好比晨早看海，心緒投入，直感驚濤拍岸，人生實應轟烈如此，這是正路的效果，相反戰戰怯怯，連秋天的蟋蟀也不如，常見有些所謂宏法大師，吋信眾如何如何控心收妄，他媽的，心如果容易一念受控，妄念可以呼來呼去，不如等多兩三年，手機晶片能夠植入大爺小姐的腦袋，乖乖食條葱，全民歸佛，死前發個訊息，西天極樂世界派架直昇機，登時接走，不亦快哉！

本人有兩三種修佛朋友，剛好代表三種態度，第一個是在此地頗有江湖地位，在國際的佛學界響噹噹，但人前人後，大庭廣眾，粗言爛口彷如咖喱加鹵味汁，衣著直追濟公老哥，就多了個手機而已，但見微知著，對人態度極差。早年相學老師說過，誠心善意，好話說盡，不如望人一眼，所以，這位佛門大德也者，不外是一條佛棍，有口無心！

第二個也是經常豪情逸氣，每逢席上有傾得上心的朋友，性別無分，一樣爆粗說爛，但眼神充滿對人的善意好心，這才是有口有心，記得有晚各人說得興起，選出傳說最討厭冇料的和尚，拆散了許仙和白蛇姐姐姻緣的法海佛棍名列第一，恰巧那年大哥我常去杭州，也逛逛寺門及其商場，倒想看看有沒有法海這條人腸的木偶，找到了最好，那時節大爺我稍有財勢，和杭州的貪官污吏也素有交情，一句說話，找來幾個公安武警，把法海拉下來，打得稀巴爛，花一千幾百叫附近的頑童撒泡尿給他嘗嘗，再送五六萬人仔給經營寺宇的CEO，包保稟上了雷音寺和兜率天也沒事！

第三類是近年認識的朋友，過了五六十歲，文化程度不高，突有神來之念，要拜佛信佛，問我是否太遲？我答，雖然如此，但掛個佛號也好呀，今生不就來生上，專誠念經靜坐，其實也是修的一種，萬法皆從一心起，趁著還有二、三十年好過，且修成一顆善心再說！

修行怎能離世別俗？

無論是任何宗教，都不能離開心理世界和物質世界，所謂心物一元，唯識行人，說有情塵間一切如夢如幻，雖然緣起無自性，但當體即空，煩惱實有，心識實有，通過偏計執性，依他起性，圓成實性，要認識甚麼是無明煩惱，轉識成智，得自在真如，入大圓滿鏡，進涅槃。

有些部派說修得圓滿，得無漏智，起神通，可以即身成佛。

連一個我的朋友，又是密宗老師也懷疑，他媽的，可以即身成個甚麼佛？

中觀行人所領會的空，是指世間一切事物和緣起，都是有條件地因緣而生，緣滅而散，當然是畢竟空，但是因為已空，而跟著有第二三四的接續緣起，根本不是斷和滅，而是不斷地超越，中觀的空，是指無自性，不實在，所有形成事物和緣分的，都是這些不實在的條件，包括無明煩惱，七情六慾，我們的所謂心王八識，都是不實在，既然連心識都不實在，煩惱是由心識所營造產生，又怎會實在？

本人曾經對幾個修佛的朋友，形容甚麼是中觀家所說的空：

譬如行路，前腳不離後腳，後腳即成畢竟空，前後腳是相連接續的，而且每一腳而論，並無實在性可言，但是做出向前的超越效果，若然問是否每一步都有個力量，答案是錯，因為單憑一步而言，並無自性和實在的效果。

中觀的空性，是指不實在，一切構成世間的色相，有情的條件都是不實在，無所謂自有佛性，佛性和眾生性，是不可能同時在一個軀體的，眾生只有通過不斷的修行，通過很多條件，才可能成佛，有為法，無為，連如來，涅槃都是因緣法，都是不實在。

弄清楚甚麼才是出離心

早些年有兩個虔誠信佛，突然想去出家的好朋友，一個因為情傷，一個以為要找個安靜恬寂，兼有些梵音，清脆的木魚節奏，會加快成佛的時間，都被大哥我喝回去，出家固然是好事，南老師早說過：學佛乃大丈夫事，非公侯將相能為之。

但出離入佛之心豈會如此簡單，即使你老哥根器具足，不必釋迦老師摸頂打印，也可以肯定一百幾十個阿僧祇劫後，做個甚麼甚麼佛，在銀河系隨便找粒星辰做你的道場，也還是要講條件的。

好好地有個妻賢子乖的家，為甚麼不顧而去？我的老友說：沒有辦法，人間俗務太多，心緒停不下來，而且家人也同意呀，況且我做了菩薩後也可以接引他們！

大哥我這就一下鐵沙掌打過去，修行地方，有哪裏好得過有情人間，雖然充滿恩怨情仇，辛酸苦辣，其實無論人小乘，修四聖諦之道，這是最適合的地方，除非了無牽掛，再無一絲俗事在心頭，ＯＫ，你才考慮考慮。

他說：對呀，家人不愁衣食，也覺得塵緣已了，是時候出家啦！

大哥我一下裂頭腳就踢過去：你這小子忘記還有愛的無形業力嗎？你看得家人眼裏的淚水嗎？抑或你覺得穿上僧袍，烙幾個香火印比西裝漂亮些？

我說這是非常有漏的自利心態，最初釋迦老師還認為這種小乘心態是不入流、不可恕，因為學佛宗旨是利己利人，你老哥可不能說學有所成，登菩薩位才回來渡你的家人，這是官家的公關口術，對家人可以這樣說嗎？

各位，僧團制度，是釋迦老師入寂之後，迦葉和其他弟子制定的，而且不是你要出家就可以乖乖入寺，要具足出家的條件，不會像魯智深大爺，三拳打死鎮關西，他一個受過他恩惠的朋友，用銀兩買通了寺院主持，讓他去做職業和尚的。

而且一直以來，在家的菩薩多過出家的菩薩，歷代幾多大文化人、士大夫，都是在家居士，我的幾個詮釋佛法老師，全都是在家人，不見得出家好過在家！

不是說把心一橫，把家人朋友一刀割掉而出家才是真正的出離心，相反，你不把自己的出離心，徹底檢查而去出家，真是作了黑品的業，貪、嗔、癡，犯了戒足足加三，可以這樣修得到果位？我切。

並無實際上的修行

有些朋友搞來搞去，也不清楚所謂修行，是佛家抑或是教育界的。

各位看官，老師說：實際些的修行，不離內修和外修，內修是檢討自己的內心世界，不管是和家中之虎或乖猴乖鼠，開個檢討批判大會，抑或深夜禪坐冥想，總之經常反省自覺，洗滌身內的思維妄想。

外修是對人對事，世事固然要盡量通明，人情力求練達合理，不過說得容易，等於大哥我每早剃鬚，以為次次乾淨俐落，他媽的，十之八九，總是小傷大傷，血流披面，慘似吸血殭屍失血，有個朋友以為改變氣場層次很容易，真是屁話，倒不如每天去加油站，注入兩三磅廢氣，可能很快就像氣球昇高飛起。

其實無論佛家俗家，修行也者，不外是修正自己的行為心態，也不離佛家的六度，持戒，忍辱，禪坐，佈施，般若，精進。

俗家朋友小哥不妨把六度的標準放低些，不做菩薩，做個快樂知足的凡人也好呀。

大智度論裏面，弟子問佛，六度中，有只持守一種就等於同修六度的嗎？

佛說：最易達到這種境界者，莫過於佈施。

俗家人謹守內外佈施，多加善意給親人朋友，以至隨緣遇見的眾生，乖乖，哈你老友，菩薩和耶蘇都向你合什。

丘處機先生在《射雕英雄傳》內，向成吉思汗講長壽之道，四個字：常與善人。以善心對人，比甚麼菩薩加持，一萬個寧波車在你身邊吹超大法螺，愛因斯坦的磁場論，天下第一的整容醫生更有用，反之一丁點對人的善心都發不起來，他媽的，在地獄門口賣咖喱魚蛋也沒有生意。

多說一個禪宗的例子：釋迦老師某次巡視地獄，看見有個大賊哥哥救了一隻小蜘蛛，果然發了一念善心，好啦，於是在地獄的天花板出口處放下一條蜘蛛絲，讓大賊哥哥可以爬出去，可惜除了賊哥哥之外，很多大盜小盜也跟著這條絲線爬出去，賊哥哥怕負磅太重，他媽的，索性把自己腳下的絲線剪斷，老師看在心中，唉，賊質不改，把地獄重新封閉！

有情世間，爭上位，踩著別人縛頭髮頂死爬爛爬的人太多，真懂得六度精神的老哥老姊，只怕很少很少，其中以為從心外求法，唸幾句符咒，多穿幾件名牌衣服，出入米芝蓮，年中打幾場高爾夫，看幾本情色小說，時人金句，就可以出入南天門，這類傻瓜，只怕多過恆河旁邊的沙粒。

止觀雙混多過了雙運

學佛修行，其實都是有一個大前提，修止觀入三摩地，得正定，至於之後是否能否起神通，意生身等等，各位修行的哥哥，請各位到了三摩地再說。

到真正進入定境的朋友，行住坐臥都在定中，在夢中都可以自主起心思，碰過有些玄學高人，他們有些說是一上座就有祖師傳法，有些說自小入定，可以神遊天外啦，隨便也可以知道你幾時開飯，上洗手間，和小三小四小五偷跳啦，嚇得我馬上回去斬斷情根，和各位狐狸姐姐揮淚而別，非散非非散，從此襄王無夢無心，真他媽的慘情！

修止觀，表面上不難呀，止外一切思，觀內萬點緣，這不過是止觀的初階，是小學雞到中學牛王頭的過渡，真正的止觀，是：

有分別影像所緣作意者，謂之觀。

範圍很大了，觀本尊，觀音聲字緣，觀境界，觀經都可以，有些朋友問：淨土宗除了一心不亂唸阿爾陀佛，有修止觀法門嗎？有的，他們修爾陀十八觀，也是觀佛觀境界的法門！

無分別影像所緣作意者，謂之止，所有借來助修的境界，影像，字緣本尊，當體即空，借幻修空，知幻即離，不作方便，何必靠各路神神佛佛站臺，不需心外求法，萬里萬年都是澄澈長空！

有好朋友問修止觀和參禪有分別嗎？

止觀和參禪是兩碼事，大智度論說：禪定是集散亂之心為一心。然後參詳經典的話題疑問，你老哥連基礎的經義都未讀，還參甚麼屁禪？

無止觀之因，固無定慧之果，豈有佛法可修

各位老兄，妹妹，任何一個真正宏法修行的徒眾，一定知道止觀的重要性，等於運動員沒有體能訓練，可以參加比賽，真是夢話。

而止觀也者，不過是制心的初階，跟著是由定生慧，然後隨境轉心移性，蓋天下人的心性，未經刻苦修為，豈會隨便說改就改，要變就變？齊天大聖悟空先生，若非唐老三的金剛箍，可以管得這隻馬騮嗎？請各位想想這個金剛箍是甚麼？

常常聽到很多法師，動不動教信眾修心養性，世人可以把自己的心態思維，像定時較鬧鐘，真是無須再有歷史，因為天下自然太平，但丁、柏拉圖筆下的烏托邦，孔孟夫子的大同世界，禮義廉恥的天人境界，應運而生，貪嗔癡，黃賭毒全部煙消雲散，塵世昇呢，菩薩大哥也可以渡渡假，飲杯茶，食個蝦餃。

此之所以絕大部分的所謂法師，仍處身在南老師形容的兩大階段：自欺，欺人。

大哥我有兩個朋友，茫茫然入了佛門，有了法號，又茫茫然受了菩薩戒，又茫茫然和我咬飯飲茶，大哥我恭喜之餘，少不免問他身為菩薩，可懂得〈心經〉是說甚麼

嗎？他說不懂。

難怪難怪，因為〈心經〉是佛家的總綱，解得通的話不得了，起碼是大師級數，那麼《金剛經》呢？朋友說也不懂！

也難怪，他媽的，甚麼人相、眾生相、壽者相，又是修得如來三十二相，只是偏偏沒有家人相、明星相、AV相，又是原來是這樣，根本又不是這樣，老實說，大哥我初時也讀到媽媽有聲，不懂也有點理由。

再問準菩薩，可有甚麼你懂的經書介紹介紹，好歹讓在下叨叨光，沾上些金粉，他說：唸的經書很多呀！只是不太了解。

我問：那麼老師有指點提示嗎？他回答：老師說，往後十年八載，只要清心誦經，自然心竅盡開，無經不通，早證菩提。

乖乖隆的秋，聽得大哥我登時變成小哥，喜心翻倒，好像剛看過最喜歡的漫畫電影，復仇恐龍大聯盟。

馬上吽酒樓的漂亮店小二：來兩碟牛河炒河，肉絲炒麵，沒有新鮮豬肉，人肉也可以將就將就，反正是現今的菩薩，得了神通之後的腸胃，葷也可以變成素菜！

正是：一切有為法，如夢幻泡菜，應作如是觀。

緣起緣散不同於緣起性空

緣起性空，請千萬把這個空，不要當作虛無的空，也不是甚麼都沒有，或失去的空，譬如緣起是戀愛，性空是指戀愛的本質原來就不實在，無自性，是有條件之下互動而生的因緣，這種緣，稍後可能變成另一種緣，善緣或惡緣，但善緣也不一定合，惡緣也不一定離，有一句像佛偈的字聯，是一個修行朋友對我說的：

夫妻有緣，有惡緣，有善緣，無緣不聚。

只要各位兄臺環顧左右，便會發現事實如此，只是善緣和惡緣會輾轉交替，有時更會因第三、四者，甚至是由完全無重要的人或事而變化，但不一定由於甚麼因果報應，真正的所謂因果，絕非如此簡單。

子女和父母的緣起性空亦如是，南京昔日有座月老祠，兩句字聯是：

夫妻有緣，有善緣，有惡緣，無緣不聚。

父子有債，有討債，有還債，無債不來。

說到這類恩怨交集的債，比較複雜多了，也許包括感情上的、人情上的，我有些發生在親人和好朋友身上的故事，想起毛骨悚然，真有其事，絕不虛構，債來債去，情聚情散，相思三十世，要處理的逃不開也避不了。

幾十年前的編劇歲月，查書問典，滿以為已經寫盡人間曲折，但後來轉戰大江南北，隨風追月，驀然回首，原來戲劇絕不足以和人生境界相提並論，戲劇最多可以付諸一笑或一哭，無緣緣之可生，而現世人生，有緣在先，直可低徊百劫。

佛法者，即是非法。

娘子者，即非娘子。

蓋宇宙有情人間一物一微塵，都只有一個空名空相，一被這等名相卡住，他媽的，膠布縛嘴，有口難言，大哥我早年告誡想修佛的朋友，千萬不要把修佛變成修神仙之路，也不要以為修止觀可以一念十年，化甚麼彩虹或一條龍飛去，除非是電影特技。

有個禪門事實，一個大師在不停不眠，坐禪十日，結果是抬進醫院大修，蓋身體就是人類結構，話知你內臟六腑全換了不銹鋼。

有個修佛的朋友問，止觀靜坐裏面要求證的空，和佛家定義的空，是否一樣？

大哥說：當然當然，你家的娘子和法律定義的娘子，都是你的娘子，對嗎？

朋友說：那麼還證甚麼？

我答：證裏面的意義呀，佛家的空其實只有他們所指的空法，甚麼有宗空宗，唯識中觀，要詮釋的，也只有一個梵文Sunya，可惜不知道是哪個譯者，變成甚麼都沒有的空字，幾千年一直空他媽的空下去，等於你老婆怎會一簽了證書，馬上變了老了的婆婆，像人話嗎？

大哥我幾十年看過很多大師級說〈心經〉，解空，最近又上過YouTube，大德和A貨菩薩，多過城門水塘附近的馬騮，他媽的，真真正正可以把一個空字解釋得淋漓盡致的，十成不到一成，這方面唯識一定不如中觀行人。

有些修佛的朋友說：禪修冥想止觀的境界，是不可說，無法言喻，等於食棉花糖和大白兔朱克力。

這就一大巴掌打過去，無論甚麼境界都可以說，到了四禪八定都可以說，瑜伽師地論，由十到十二地，由聞所成地，到修所成地就是指出你老兄修行時到了山頂或山腰的位置，到了就自然可以說，起碼可以形容出來，他媽的，文化程度不夠，內涵不夠，當然無法表達。

問題是你在甚麼場合和對甚麼人說，好得很，不如去鄉下人家，找條狗多的鄉村，你黑衫黑褲，站在紙皮箱上朗誦修法的成績，保證變成餵狗的菩薩。

「甚麼是止觀」之一

各位兄弟妹妹，修佛學佛的人，不懂如何修止修觀，等於瞎子捉貓，捉了一百年，恐怕連貓尾巴也摸不到，但說起來很喪氣，今時今日，連真正皈依了的佛門弟子，門檻都沒有，另一面的說法，不懂止觀也許是好事，最多等運到緣來再起修，總比被三腳貓的法師，教一套他自己創出來的九紋龍止觀方法，或者是封神榜式的移魂大法，讓你朦查查，跌了落陰魔境界。

靜坐也好，止觀也好，瑜伽師地論裏面，有詳細的啟導方法，由入門，修行中，如何調整你心態，包括環境、疾病、氣候影響之下，你老哥才不會戰戰兢兢，一步步向前推進，特別是在聲聞，緣覺兩地的小乘篇，雖然說是小乘，老師說：沒有小乘，何來大乘？他媽的，我遇到或認識的信佛朋友，連止觀的基本意識都沒有。

靜坐不等於止和觀，靜坐是一種姿勢，也可以說，有姿勢和隨便放鬆上座，都沒有分別，雖然像廣告海報，穿著緊身運動衫，盤膝而坐，兩隻像甚麼花的手掌放在腿上，乖乖，非常可口美味，但是只要坐得舒服放鬆，合格啦。

再說靜坐和冥想也算有點關聯呀，加上悅耳輕鬆的冥想音樂，人也飄飄然，飄到妖精橋，又能夠不失眠，正。

修止觀當然要正規些，盤腿太久怎可能不辛苦，但可以逐漸加長版的，過得一年半載，擔保你不盤腿就坐不下去。

止，當然是止妄念妄想，但是你以為拚命可以止住嗎？老師有兩個形容詞，大風中掃落葉，或者是，在水面把如球的妄念按下水裏。

做得到嗎？

很多練氣功，練瑜伽的靜坐老師，甚至佛門中的法師，只懂得教你不存一念，類似所謂無想定的教法，要提醒各位，無念和真正到了空的境界是不同的，無念的後遺症，是下一世會弱智，我的好朋友裏面，已有幾個例子。

「甚麼是止觀」之二

其實冥想也好，靜坐也好，止也好，無非是如大智度論所說，集散亂之心為一心，求止住妄念妄想，由止得專注，很多職業運動員，早已經懂得通過止的途徑，提昇自己的運動層次。

不要以為瑜伽心法，是印度前輩甚麼．乜星物星的學派專有，早在印第安人的亞珀芝，黑腳黃腳，白雞冠加黃鼠狼部族，統治美洲的時期，他們已經懂得怎樣與天相通，怎樣借圖騰和動物形狀做止觀功夫，他媽的，在電影中，你老兄見他們周圍跳，又噴煙吞霧，以為他們癲癲地，其實醒過濟公！

朋友問止不住怎麼辦？

《宗鏡錄》說得好，每個人的根性不同，文也好，武也好，魯迅先生寫小說，寫罵人的文章，是文章中的經典，胡適和梁啟超先生，是知識份子中的大儒，不是腐儒，但是要他們談藝術寫詩，他媽的，只怕要他們放屁還容易些。

修行人也是一樣，像大哥我，要坐定定，眼定定，心靜靜，十分鐘之內大概可以，早在二十年以前，教理未通，修止之道，還差勁過普通樸實之人，坐下來根本止不住妄念如瀑布，那甚麼好？

可以，乾脆去觀，那時老師有個很靠譜的起觀方法，是白骨觀，由最細微的手指，到每一片骨，每一粒關節，慘過做法醫官檢驗腐爛的喪屍，大哥我還是吃不消，唉呀，最好是觀白骨精的美好身段，乖乖，由白白淨的地方，到塗了油彩的腳趾，可能更容易觀想些。

觀的意義是甚麼？

老師說，由觀可以進入空的境界，快一點明心見性，但大哥我有一點想法不盡同，我認為，修行人如不是多聞和先天已有悟性的智慧，恐怕由觀，進入到所謂明心見性，不過是八識的六識，意識，得來的空性，仍然是假象而已。

用甚麼方法去做止觀？

老師說，止不住妄想只有用智慧去觀察妄想，觀是指用心去內照，借白骨觀，借幻花觀，借本尊觀、觀日輪、咒字、語音，甚至你自己可以生起次第，觀想整條銀河系，中有一顆星是你的壇城道場，亦無不可。

要提醒各位的是，佛家止觀的觀，不是思想上的思或想，而是用心去觀，至於問題所在的研究和思維，是禪宗的所謂：參。

參禪和止觀是不同的。

「甚麼是止觀」之三

修行人長期在不可思議的塵世中參來參去，又是禪，又是止觀，又是緣分際會，哪有完全清醒的時刻。

以前說過，學佛的行者只有三種人，多聞，通理通經，做人的層面也很有水平，但是不肯老實地去做止觀功夫，老師說這樣的行者是兩腳書櫃，大哥我有幾個在大學教佛學的教授朋友就是這類。

我看當今的寺門大師，小部分如此，大部分只會做連自己也不相信的止觀，連人身牛都不是。

道家也好，氣功師也好，瑜伽健身班也好，慢慢覺得已經可以放飛劍飛碟，兩里之內，隨時意隨心出，取店鋪內的咖喱魚蛋，車仔麵，如探囊取物，做個警察永遠都捉不到的採花賊也絕無問題。但不肯讀經窮理，老師說這樣子的修行，等於人頭豬，大哥我看他好歹也作個誠心修行的樣子，叫他們做寶貝小豬嘜吧。

各位不要發笑，龍樹老師青年時期也做過採花之賊，好在中期發願讀書，終於成為中觀祖師。

還有一種是永遠要活在神佛堆，儀式加語咒，醒來見不到佛像，好比迷失在荒山野嶺，在家居士也一樣，大哥我去過幾個居士的家中道場，他媽的，少說也有一千幾百個甚麼佛加菩薩的偶像，居士哥哥對我說：只要一踏入房間，看到佛和菩薩，渾身暖如電爐。

他媽的，我說這類修行人，是長年在感冒中的青蛙。

其實像武俠小說所說，拜師學藝，在華山泰山也好，在少林寺的木人巷也好，十年八年，武功差不多啦，老師會叫這個徒弟下山入世去吧，不去經歷，怎樣成為高手？

止觀是因，定和生起的智慧才是果。同一樣道理，學佛是困，要在世間去修行，才會得果。

心外何能求法

試用淺白的例子解釋何謂心外求法，各位大哥大姊追當年的老婆也好，買股票也好，打麻雀十三張也好，學藝術也好，打網球也好，少不免有前輩指點，高人貼士，如果你跟足這些吩咐或教路而能成功，恭喜你大哥，你是喜鵲當頭叫，有運而已，一點你自己的創意都沒有，這不是心外求法是甚麼？

南老師講過一個關於大乘小乘的故事，現在本人再加點糖和鹽，洒些葱花，一小杯女兒紅，看看效果是否更精彩一些。

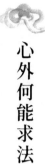

大乘和小乘分別是判了終生監禁的犯人，成佛是等於要他們用甚麼方法逃出來，先說小乘。

小乘當然非常規矩老實，由於如此，監獄也提供幫助他的工具、挖地的器材等等，於是小乘亞哥每日二十四小時，不停挖地鑽洞，希望一萬年也好，一億年也好，終有一日逃得出去，過程中既要keep fit，又要不病倒，而且挖地洞又可能碰到石屎牆，他媽的，又要從頭挖起，就算學了乖，放風時請教些前輩大哥，再挖另一條，但分分鐘出口就在獄警宿舍，這還得了？不一槍把你就地正法算你命大，於是被押回去後，再挖另一條地洞，可能十億一百億年，小乘亞哥還在挖一條只有千萬分之一機會可以逃出去的路！換言之，逃得出去要靠勤勤力力，規規矩矩，守身如玉之外的機緣和運氣。

再說大乘，雖然只有一條身，勝在想得通透徹底，一等到有機會和獄警搭訕，傾傾談談，感情逐日加深，你古惑也好，口甜舌滑到可以講服整條村的靚女跟你出走也好，總之上天入地，你可以令所有獄警變成你的生死之交，每逢假期週日帶你回家飲湯，大魚大肉兼教他買買六合彩，英超巴甲六穿七，稍後睇演唱會，他結婚時你做伴郎或兄弟，他有個靚靚姊妹更妙，連哄帶騙之下，非你不嫁，稍後稍後，連獄長也認為你是AAAA級的模範犯人，連監獄的大門鎖匙也可以騙到手，再揀個良言吉日，大搖大擺地走出去。

所以哪個是心外求法，那個不是，諸位大哥想已清楚，其中最重要的是，發心和智慧、根器和胸襟，至於你敲了幾多千年的木魚，坐穿了幾多條名牌底褲和蒲團，聽了多少個法師，甚至下凡專門為你而來的菩薩的單對單私家教導，你無法轉識成智的話，兄弟，你依然是心外求法！

起心動念，何需造作

早兩日終於讀到一篇佛家好文章：一個在瞌睡，和另一個靜坐的小和尚，在旁邊的執杖師父，是打靜坐那個而不是瞌睡這個，為甚麼？

因為打瞌睡這個是任運，真正是一心入睡入定，另一個不過是擺擺姿勢，一則可能是飛來飛去，飛到曼谷食個叉燒包，腰要直，腿要盤，修腰修腿，昨晚夢中和小情人互相十八摸，千萬不要讓師父知道，之類，等等！

任你修佛也好，學佛也好，靜坐是必修初階法門，慢慢通曉佛理，好呀，請進第二個門口，裏面禪坐去。再然後，通了有點佛理啦，好，入另一個房間吧，修定修慧，修止觀。

之前的靜坐基本要打得好些，初階喝茶的朋友，煮茶的水，茶葉，茶壺，茶具，規規矩矩，不能又喝粥，又咬叉燒包，到你真懂品茶的境界，像我那對喝了幾十年的茶商夫婦，早晚一隻爛舊茶杯，夠了，已經是另一境界！

大哥我常接觸學靜坐和經常靜坐的朋友，最大的過失是以為一定要無想，而且強迫無想，其實很危險，當年釋迦老師在修行時期，修過這種其他梵志外道的無想定，後來他告誡弟子千萬要避免，因為強制無想的後果很嚴重，會影響下一生的智力。

大哥我在網球場上，認識一家三口球友夫婦和兒子，正能量和福報很好，也有個很順眼的兒子，一眼就看得出兒子是再來的修行人，他告訴我入睡時，總是和大羣和尚師兄弟做功課，唸經靜坐。

只可惜他有個特點，是低低地，永遠是十歲、八歲的小孩子。

無想定和一上坐就無念入定，所謂祖師禪定是不同的，只有佛理通通透透的修行人，無須造作，一超即入，而且內心觀音，身外左右前後，明澈如鏡，行住坐臥，甚至和他人交談，都是常在定中，這才是他媽的修行！

作者簡介

草川，原名張浩然，六、七十年代，在現代文學，現代詩，短篇小說，特別是散文方面，固有所長，但詩作甚豐，屢在台灣的《藍星詩刊》、《現代詩》、《創世紀》以及馬來西亞的《蕉風》發表。

在香港亦是著名的《文藝月刊》和《軌跡月刊》的編輯委員及執行編輯。

此外亦擅長運動，曾經是香港網球、香港游泳公開賽的球手及泳手，亦為網球和游泳的知名教練。

八十年代後從商，亦未忘記運動和創作，在香港報章副刊，每日一詩，十多年從未間斷，發表超過四千首現代詩，相信極難有企及的詩人。

一度是大專院校的客座講師，教授現代詩，佛經和劇本創作。

同時研究佛家的有宗空宗，在商途飲馬，時跟大德高僧潤論止觀佛相。

千禧年以降，檢視何謂緣起性空之理，專心準備及後的佛經導讀，但仍未忘記束詩成輯的工作。

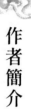

文化生活叢書·詩文叢集 1301050

緣起，捲盡東去的大江

作　　者　草　川（張浩然）
責任編輯　蘇　輗
特約校稿　林秋芬

發 行 人　林慶彰
總 經 理　梁錦興
總 編 輯　張晏瑞
編 輯 所　萬卷樓圖書(股)公司
排　　版　菩薩蠻數位文化公司
印　　刷　百通科技(股)公司
封面設計　菩薩蠻數位文化公司

發　　行
萬卷樓圖書(股)公司
臺北市羅斯福路二段 41 號 6 樓之 3
電話 (02)23216565
傳真 (02)23218698
電郵 SERVICE@WANJUAN.COM.TW

香港經銷
香港聯合書刊物流有限公司
電話 (852)21502100
傳真 (852)23560735

ISBN 978-986-478-381-6
2020 年 11 月初版
定價：新臺幣 1000 元

如何購買本書：
1. 劃撥購書，請透過以下帳號
   帳號：15624015
   戶名：萬卷樓圖書股份有限公司
2. 轉帳購書，請透過以下帳戶
   合作金庫銀行　古亭分行
   戶名：萬卷樓圖書股份有限公司
   帳號：0877717092596
3. 網路購書，請透過萬卷樓網站
   網址 WWW.WANJUAN.COM.TW

大量購書，請直接聯繫，將有專人為您服務。(02)23216565 分機 610

如有缺頁、破損或裝訂錯誤，請寄回更換

國家圖書館出版品預行編目資料

緣起,捲盡東去的大江 / 草川著. -- 初版. -- 臺北市 : 萬卷樓, 2020.11
面 ;　公分. -- (文化生活叢書 ; 1301050)
ISBN 978-986-478-381-6(精裝)

855　　109014524